诗想者

H I P O E M

生 活 ， 还 有 诗

当我终于变得沉默

当代诗人十二家

Dang Wo Zhongyu Biande Chenmo

刘春◎主编

GUANGXI NORMAL UNIVERSITY PRESS
广西师范大学出版社
·桂林·

图书在版编目（CIP）数据

当我终于变得沉默：当代诗人十二家 / 刘春主编. —桂林：广西师范大学出版社，2019.9（2021.1 重印）
ISBN 978-7-5598-1986-4

Ⅰ. ①当… Ⅱ. ①刘… Ⅲ. ①诗集－中国－当代 Ⅳ. ①I227

中国版本图书馆 CIP 数据核字（2019）第 152363 号

广西师范大学出版社出版发行
（广西桂林市五里店路 9 号 邮政编码：541004
网址：http://www.bbtpress.com）
出版人：黄轩庄
全国新华书店经销
广西壮族自治区桂林漓江印刷厂印刷
（桂林市叠彩区西清路 9 号 邮政编码：541001）
开本：720 mm × 970 mm 1/16
印张：28 字数：300 千字
2019 年 9 月第 1 版 2021 年 1 月第 2 次印刷
印数：3 501~4 500 册 定价：66.00 元

目录

CONTENTS

翟永明

李琦

柳沄

宋琳

韩东

刘亮程

江一郎

李亚伟

潘维

东荡子

卢卫平

路也

翟永明

祖籍河南，1955 年生于四川成都。1981 年开始发表诗歌作品，在 20 世纪 80 年代曾以组诗《女人》引起关注，被认为是中国新诗潮运动以来最有代表性的女诗人之一。1998 年与友人在成都开酒吧，名“白夜”，同时潜心写作并策划了一系列文学、艺术及民间影像活动。出版有诗集《女人》《在一切玫瑰之上》《称之为一切》《黑夜中的素歌》《终于使我周转不灵》等；散文随笔集《纸上建筑》《坚韧的破碎之花》等。作品被译为英语、法语、荷兰语、意大利语、西班牙语、德语等，并在上述语系国家发表、出版。曾获中坤国际诗歌奖、意大利 Ceppo Pistoia 国际文学奖、华语文学传媒大奖杰出作家奖等。

母　亲

无力到达的地方太多了，脚在疼痛，母亲，你没有
教会我在贪婪的朝霞中染上古老的哀愁。我的心只像你

你是我的母亲，我甚至是你的血液在黎明流出的
血泊中使你惊讶地看到你自己，你使我醒来

听到这世界的声音，你让我生下来，你让我与不幸构成
这世界的可怕的双胞胎。多年来，我已记不得今夜的哭声

那使你受孕的光芒，来得多么遥远，多么可疑，站在生与死
之间，你的眼睛拥有黑暗而进入脚底的阴影何等沉重

在你怀抱之中，我曾露出谜底似的笑容，有谁知道
你让我以童贞方式领悟一切，但我却无动于衷

我把这世界当作处女，难道我对着你发出的
爽朗的笑声没有燃烧起足够的夏季吗？没有？

我被遗弃在世上，只身一人，太阳的光线悲哀地
笼罩着我，当你俯身世界时是否知道你遗落了什么？

岁月把我放在磨子里，让我亲眼看见自己被碾碎
呵，母亲，当我终于变得沉默，你是否为之欣喜

没有人知道我是怎样不着边际地爱你，这秘密
来自你的一部分，我的眼睛像两个伤口痛苦地望着你

活着为了活着，我自取灭亡，以对抗亘古已久的爱
一块石头被抛弃，直到像骨髓一样风干，这世界

有了孤儿，使一切祝福暴露无遗，然而谁最清楚
凡在母亲手上站过的人，终会因诞生而死去

夜 境

正值乌鸦活动的时候
——传说这样开头
她已走进城堡，渐渐感到害怕

那些夜晚树一直睡在水上
水很优雅，像月亮的名字
黑猫跑过去使光破碎
瘦骨嶙峋的拱门把手垂下
像夜之花

传说这样写道——
分明有雨，有幻觉
幽灵般顺着窗户活动
但她并不知晓
那些夜晚
走廊藏匿起康乃馨花的影子
井壁并不结实，苔藓太老
她觉得一切很熟悉，但远不是梦境

传说继续写道——现在
她已站在镜子中，很惊讶
看见自己，也看见凉台上摊开的书
整个夜晚风很大

一棵楝子树对另一棵发出警告

她拎着裙子走上来，拿起书
没有开头，也没有结尾
但她觉得一切很熟悉，像读自己

故事刚刚开始
传说这样结束
——正值乌鸦活动的时候

1983—1984

独 白

我，一个狂想，充满深渊的魅力
偶然被你诞生。泥土和天空
二者合一，你把我叫作女人
并强化了我的身体

我是软得像水的白色羽毛体
你把我捧在手上，我就容纳这个世界
穿着肉体凡胎，在阳光下
我是如此炫目，使你难以置信

我是最温柔最懂事的女人
看穿一切却愿分担一切
渴望一个冬天，一个巨大的黑夜
以心为界，我想握住你的手
但在你的面前我的姿态就是一种惨败

当你走时，我的痛苦
要把我的心从口中呕出
用爱杀死你，这是谁的禁忌？
太阳为全世界升起！我只为了你
以最仇恨的柔情蜜意贯注你全身
从脚至顶，我有我的方式

一片呼救声，灵魂也能伸出手？
大海作为我的血液就能把我
高举到落日脚下，有谁记得我？
但我所记得的，绝不仅仅是一生

渴望

今晚所有的光只为你照亮
今晚你是一小块殖民地
久久停留，忧郁从你身体内
渗出，带着细腻的水滴

月亮像一团光洁芬芳的肉体
酣睡，发出诱人的气息
两个白昼夹着一个夜晚
在它们之间，你黑色眼圈
保持着欣喜

怎样的喧嚣堆积成我的身体
无法安慰，感到有某种物体将形成
梦中的墙壁发黑
使你看见三角形泛滥的影子
全身每个毛孔都张开
不可捉摸的意义
星星在夜空毫无人性地闪耀
而你的眼睛装满
来自远古的悲哀和快意

带着心满意足的创痛
你优美的注视中，有着恶魔的力量
使这一刻，成为无法抹掉的记忆

静安庄（节选）

第一月

——辛丑土
闭轸
春社：二月十六月

仿佛早已存在，仿佛已经就绪
我走来，声音概不由己
它把我安顿在朝南的厢房

第一次来我就赶上漆黑的日子
到处都有脸型相像的小径
凉风吹得我苍白寂寞
玉米地在这种时刻精神抖擞
我来到这里，听见双鱼星的嗥叫
又听见敏感的夜　抖动不已

极小的草垛散布肃穆
脆弱唯一的云像孤独的野兽
蹑足走来，含有坏天气的味道
如同与我相逢　成为值得理解的内心
鱼竿在水面滑动
忽明忽灭的油灯

热烈沙哑的狗吠　使人默想
昨天巨大的风声似乎了解一切
不要容纳黑树
每个角落布置一次杀机
忍受布满人体的时刻
现在　我可以无拘无束地成为月光

已婚夫妇梦中听见　卯时雨水的声音
黑驴们靠着石磨商量明天
那里，阴阳混合的土地
对所有年月了如指掌

我听见公鸡打鸣
又听见轱辘打水的声音

第二月

从早到午，走遍整个村庄
我的脚　听从地下的声音
让我到达沉默的深度

无论走到哪家门前，总有人站着
端着饭碗，有人摇着空空的摇篮

走过一堵又一堵墙，我的脚不着地
荒屋在那里穷凶极恶，积着薄薄红土
是什么挡住我如此温情的视线？
在蚂蚁的必死之路
脸上盖着树叶的人走来
向日葵被割掉头颅。粗糙糜烂的脖子
伸在天空下如同一排谎言
蓑衣装扮成神，夜里将作恶多端

寒食节出现的呼喊
村里人因抚慰死者而自我节制
我寻找，总带着未遂的笑容
内心伤口与他们的肉眼连成一线
怎样才能进入静安庄？
尽管每天都有溺婴尸体和服毒的新娘

他们回来了，花朵列成纵队反抗
分娩的声音突然提高
感觉落日从里面崩溃
我在想：怎样才能进入
这时鸦雀无声的村庄

1985

年轻的褐色植物

在我十二个月的身旁
你是一株褐色植物
经常做梦的深红色区域
用你慎重年轻的三角形的头部
经常着迷的地方
摇摇曳曳地控制我

我的血时涨时落
写下某些句子
“人知在世”或“死亡的图案”
把南来北往的命运交代
无暇顾及你含浆茹液的肢体
在我床头招展

当我那褐色植物醒来
十二个月轮流递嬗
在你体内流动　寻找出口
你铺排的手臂环绕我的脖子
青幽幽的血时涨时落
使我摆脱肉体重量

我不是褐色皮肤的人
但有同样的结构

年轻的植物就在我的头上
无尽的舌头领略我
长出每天的欢乐
我也有年轻的时候
在夜深人静　你吐出清洁的气体
把我摇摇曳曳的躯体细细裹住

在我经常做梦的领域
有这年轻的褐色植物
承担我生命的主要内容
不离我上下左右
在你经常着迷的时候
也相信星宿的含义
我是你合二为一的伴侣
不离你上下左右

1988. 10

我策马扬鞭

我策马扬鞭在有劲的黑夜里
雕花马鞍在我坐骑下
四只滚滚而来的白蹄

踏上羊肠小道落英缤纷
我是走在哪一个世纪？
哪一种生命在斗争？
宽阔邸宅我曾经梦见：
真正的门敞开
里面刀戟排列甲胄全身
寻找着寻找着死去的将军

我策马扬鞭在痉挛的冻原上
牛皮缰绳松开昼与黄昏
我要纵横驰骋

穿过瘦削森林
近处雷电交加
远处儿童哀鸣
什么锻炼出的大斧
在我眼前挥动？
何来的鲜血染红绿色军衣？
憧憬啊，憧憬一生的战绩
号角清朗来了他们的将士

来了黑色的统领

我策马扬鞭在揪心的月光里
形销骨锁我的凛凛坐骑
不改谵狂的禀性

跑过白色营帐树影幢幢
瘦弱的男子在灯下弈棋
门帘飞起，进来了他的麾下：
敌人！敌人就在附近
哪一位垂死者年轻气盛？
今晚是多少年前的夜晚？
巨鸟的黑影还有头盔的黑影
使我胆战心惊
迎面而来是灵魂的黑影
等待啊等待盘中的输赢
一局未了我的梦幻成真

一本书一本过去时代的书
记载着这样的诗句
在静静的河面上
看啊来了他们的长脚蚊

1988

建筑的故事

应该从一条溪流说起
它的名称　它的草图
它户外的岩石与旋风
本地居民的情感原则

建筑师整天敲打他的铅笔
学生们整天敲打那些构筑材料
不知名的人整天敲打受伤的磐石

二月风暖　我架起了测绘机器
我挑选了黄道吉日
建筑物在形成它的古典原型
动土的时机来临
打夯的时机来临
建筑师抬起眼睑，脚跟直立
聆听另一个诠释者的声音

木材是美丽的
烧窑的白色让我沉迷
蜘蛛网是愤怒的掩蔽所
玻璃像呼吸一样诞生
钢筋混凝土浇筑
阴阳两极的魂灵

建筑师对他的草图呵护备至
学生们轮流递上削好的铅笔
不知名的人在击碎的硝石上寻找静谧

三月风清，我带来本地的流水行云
窗户穿越工作者的灵魂
气候和风景浮上他的脑际
建筑师在保持他的空间经验
形式在朝着多变的方向迈进

升梁的时机来临
竖柱的时机来临
天光晒台向西悬挑
所有人关注一个建筑的
神秘时期　而我关注
一个过去时代的方式
不是用笔　不是用石材
而是用我的身体
在女墙上赤脚而行

1995

小酒馆的现场主题

1

褐色和整个的夜
端上一小杯金汤力
周围多少的噪音掺橙汁
留给我一人　忍受那香精味

男人的话语总不那么如意
一只手拈起一片柠檬时
我盯住那强有力的喉结
但我只是　轻轻咽下一口酒
对你们说："什么也没有"

一些模糊的身影　背着光
整理他们的眼球　他们
将保证一个美学上级的勇气
他们的手指、音节
和着笑容在屋里飘来飘去
我不相信规则　因此我备受打击
当我带醉咽下一口唾沫
我仍要对你们说："没有"

一个声音对我耳语："有价值

或无？或者终结……

全依赖你个人的世故……”

同一个声音在哼着一首

正当的歌曲

邻座的女孩嘤嘤而泣

多少双眼睛在吞啮她哭泣时的动人

她的美　是否连着

窗外整个黑夜的筋骨？

2

一男一女　配合着

饮干一杯金汤力

“请递给我一张手巾……”

一个解闷的女郎不忠实

她的残酷的偶像

又一个美学上级过来了

分给她们奶嘴、奶瓶和

他永不成熟的观念

一只手从桌上抽回　久久

等待另一只　男的问

女的答　配合着
一小杯金酒加香橙

“请保留你的号召……
让我倾向晚年的洁癖”
女人的手端起她的微笑
端起她的心　饮一口“拒绝”

我向整个岁月倾倒我的本分
转动两颗好大的骰子
在我的眼球里　恳请你们
不要注视我由暴戾向平静
喷出的鼻息　男人们

“最后一次了”　她的音调
在意向上　与他的唇叠合在一起
她的嘴里含着　一个受伤的
中邪的诗句

作为情人　或仅是女宾
她想沉默时
整个的气温沉默达零
“请保留你机械的漠视……”

转动他两颗好大的骰子
在相机的眼球里
但是请不要将我装裱
用现代色情　或不加取舍的
绅士般的体贴

3

当长发掉落在粗呢桌布上
“请让我保留衰老的权利”
挺住一个青春的姿态
让我闲坐　在一群光嫩者中间

她们中间的全部　青春缠绵
使一桌灵魂出窍　当她们
绷紧那闪光白缎的皮肤
我愿意成为　窗外的夹竹桃
保有危险而过时的另一种味道
把吃掉的口红　藏进
枯萎身躯的中央

那么　请从桌子的那一端　把死亡

换到我的侧面　请把
生理的写作放到另一端
请授权于衰老
把青春期的被内哭泣
换成坐中的杯盏交错
请让我安静地　与死亡
倾心交谈

4

与死亡同桌　这一刻
我想了多年　也未想出
一个打火机点燃的如此局面

我们分坐两端　各执一副
象牙骨牌
须臾　从它粼粼青光的手上
扔出一张“绝望”
我回应一张“日月悠长”

当它打过来一张“不祥”
而我的判断　被自杀者的

能量和他头骨的凹陷消费掉
请死亡洗牌　它会将
黑暗填满我晚年的厨房

那么　就让我将痛苦薄薄地说出
像吐出一口浊气那样方便地
吐出衰老的迹象　既不掩饰
也不夸张

打火机点燃少男少女的凸面
他们撮起的樱唇
并非吐出青春的毒药
他们顽皮的嘘声里
有着微暗的火光

5

一杯烈酒加冰端在
一些男人的手里　正如
一些烈焰般的言辞　横在
男人的喉咙
他们中间的全部

渴望成为幻觉的天空
偶尔浮动　显现、发射出美学的光芒

我满头的银线
此时着了火似的反射出
鬓旁的蛇形耳坠和地面的月形刀

坐在高凳上的黑衣裁判
吹着口哨　睁开他的牡蛎眼睛
盯着我两手摊开的位置
“最后一次了”　我说
像吐出一口浊气
“什么也没有”

1997

烟花的寂寞

烟花与烟花女子
都有过狂欢起舞
最终，她们落入寂寞

道学家们不会同意：
她们在天上的爆破多么自然
我们随便看　随便想
就被照亮了　不曾经意的角落

假若我的意志也可以升空
我也想四分五裂
为了求爱　笔直起舞
每个人都会　对着月亮狂乱
月亮也酷爱自己的极乐

假若可能
它也会引爆自己
从每一个方向
洒出全身的花朵骨头

1998

重阳登高

——遍插茱萸少一人

思亲问题　友爱问题
一切问题中最动人的
全都是登高的问题
都是会当凌绝顶时
把盏的问题

今朝一人　我与谁长谈？
遥望远处　据称是江北
白练入川是一条，还是两条？
汇向何处　都让我喜欢

在江北以远　是无数美人
男人们登高　都想得到她们
尽管千年之内　哺乳动物
和人类　倒一直
保持着生态平衡

今朝我一人把盏　江山变色
青色三春消耗了我
九九这个数字　如今又要
轮回我的血脉
远处一俯一仰的山峰
赤裸着跳入我怀中

我将只有毫无用处地
享受艳阳

思伤脾　醉也伤脾
飒飒风声几万？　呼应谁来临？
饮酒入喉　它落到身体最深处
情欲和生死问题
离别和健康问题
也入喉即化　也落到最深处
它们变得敏捷　又绵密
它们醉了　也无处不在

1999. 农历九月初九登南京栖霞山

菊花灯笼漂过来

菊花一点点漂过来
在黑夜　在周围的静
在河岸沉沉的童声里
菊花淡　淡出鸟影

儿童提着灯笼漂过来
他们浅浅的合唱里
没有恐惧　没有嬉戏　没有悲苦
只有菊花灯笼　菊花的淡
灯笼的红

小姐也提着灯笼漂过来
小姐和她的仆从
她们都挽着松松的髻
她们的华服盛装　不过是
丝绸　飘带和扣子
不过是走动时窸窣乱响的
璎珞　耳环　钗凤

小姐和小姐的乳娘
她们都是过来人
她们都从容地寻找
在夜半时面对月亮

小姐温柔　灯笼也温柔
她们漂呵漂
她们把平凡的夜
变成非凡的梦游

每天晚上
菊花灯笼漂过来
菊花灯笼的主人　浪迹天涯
他忽快忽慢的脚步
使人追不上
儿童们都跟着他成长

这就是沧海和灯笼的故事

如果我坐在地板上
我会害怕那一股力量
我会害怕那些菊影　光影　人影
我也会忽快忽慢
在房间里叮当作响

如果我坐在沙发或床头
我就会欣赏
我也会感到自己慢慢透明

慢慢变色
我也会终夜含烟　然后
离地而起

1999. 11. 25

在古代

在古代，我只能这样
给你写信　并不知道
我们下一次
会在哪里见面

现在　我往你的邮箱
灌满了群星　它们都是五笔字型
它们站起来　为你奔跑
它们停泊在天上的某处
我并不关心

在古代　青山严格地存在
当绿水醉倒在他的脚下
我们只不过抱一抱拳　彼此
就知道后会有期

现在，你在天上飞来飞去
群星满天跑　碰到你就像碰到疼处
它们像无数的补丁　去堵截
一个蓝色屏幕　它们并不歇斯底里

在古代　人们要写多少首诗？
才能变成崂山道士　穿过墙

穿过空气　再穿过一杯竹叶青
抓住你　更多的时候
他们头破血流　倒地不起

现在　你正拨一个手机号码
它发送上万种味道
它灌入了某个人的体香
当某个部位颤抖　全世界都颤抖

在古代　我们并不这样
我们只是并肩策马　走几十里地
当耳环叮当作响　你微微一笑
低头间　我们又走了几十里地

2004. 5

胶囊之身

我活着　把自我装进微小包装
看多少材料打造出我这颗
难以下咽的胶囊之身

慢慢地我装进破碎的接吻
装进另一个人，装进他的研磨
装进不思量、自难忘
慢慢地我吞下，就着一杯苏打水
慢慢地我掰开一粒果核
掰开两树梨花三生斜阳
我与前世今生都有过交代
此身已装进太多的秋风
不放浪、也只能握紧这一束苦形骸

天地大到无际
也只是胶囊的公寓
慢慢地就着一杯温吞水
慢慢地滚进一片茫然的肉体
万物皆为脏腑，我又岂能
不只是一粒渣滓，此身
混沌多淬炼　即便慢慢积攒出
一个狡黠笑容
终将胶囊式地溶化、消失

既便能令天地七窍生烟
终将化为一片散沙坠地

看看吧：无数胶囊排空而来
又蜕皮而去……

2014. 3. 10

大街上传来的旋律

这就是那旋律
熟悉的北风吹动时呼呼作响的旋律
这就是那流行过、辉煌过的旋律
峭壁般上升、严肃的旋律

一支歌足以让你跳起来
也足以让你冷到底的旋律
让你动容、发抖、沸腾
或者毁灭的旋律

沿着涅瓦大街跳跃向前的旋律
被手风琴拉响又粗暴打断的旋律
红军合唱团的旋律白军也在唱
诗人的、同时也是前线士兵的旋律

那是熟悉的母亲哼过的旋律
是秋风扫落叶也扫心灵的旋律
那是低吟浅唱又炮火连天的旋律
内心凄苦但又绽放笑容的旋律

听听黑暗中传来的低回的声音
听听来自漆黑又通体透明的声音
远远地它裹挟露水而来

成为光的来历不明的前奏

这是某些时候成为情歌的旋律
也是某些时候明令禁止的旋律
它不是代表一个国家
而是代表一个阵营
有时这样有时那样
矛盾得像纷纷落下的六面雪花体
成亿成兆地铺满西伯利亚大路

就从哪里传来　一路贴地
十二月党人和他们的妻子
在泥泞和死亡鞭笞的阴影中
轻声吟唱过　生命气息一样
宇宙意义般展开过的旋律
这就是那
孜孜不倦、此起彼伏的
旋律！旋律

这是我从未唱出口却始终哽咽在喉的旋律

2014. 10. 14

李　琦

哈尔滨人。1956年出生。做过大学教师、文学编辑。写诗40余年。现供职于黑龙江省作家协会，一级作家。出版有诗集《天籁》《守在你梦的边缘》《最初的天空》《李琦近作选》《这就是时光》，散文集《永远的布拉吉》《云想衣裳》等。曾获东北文学奖、艾青诗歌奖、鲁迅文学奖等。

第三只蜻蜓

终于打听到了你的下落
你的下落在
蜻蜓也飞不到的地方

那片丁香花它们却活着
它们还记得那两个捉蜻蜓的孩子么
那时你两条光洁的腿真好看
你说要是能连着捉三只蜻蜓
将来就肯定能娶上我

终于没捉到第三只蜻蜓
你和我都很难过
童贞的遗憾像你那天
跌坏的膝盖
愈后仍留下淡色的疤痕

那是人们往往忽略的年纪
那是大人们永远不懂的疼痛

想忘掉这件事
就拿起一本书来
一排排深色的铅字里
竟长出了你的眼睛来

捕蜻蜓的岁月已变成了茶叶
泡开了才知道
少长一双翅膀的意义
望着窗外不语的景色
我懂得了为什么
总是捉不到那
第三只蜻蜓

1988. 2

白　菊

1996 年
岁月从一束白菊开始

每天，用清水与目光为它洗浴
贞洁的花朵
像一只静卧的鸟
它不飞走　是因为它作为花
只能在枝头飞翔

从绽开之初我就担心
它打开自己的愿望那么热烈
单纯而热情　一尘不染
它是否知道　牺牲已经开始

我知道花朵也有骨骼
它柔弱却倔强地抒情
让人想起目光单纯的诗人
开放
这是谁也不能制止的愿望
从荣到枯
一生一句圣洁的遗言
一生一场精神的大雪

今夜　我的白菊
像个睡着的孩子
自然松弛地垂下手臂
窗外　大雪纷飞
那是白菊另外的样子

1996

我最喜欢的这只花瓶

我最喜欢的这只花瓶
永远只装着
半瓶清水

有人奇怪　它是花瓶
为什么不装着花
我说，它装着花的灵魂

我经常出神地望着它
花就在我的眼睛里长了出来
动人而尊贵的花
就像童话里最美的公主
一经露面
就闪烁着震慑人心的光芒

有一天，我用它装满了雪
这是最没力气
在尘世开放的花朵
雪在我的瓶中化成了水
那伤心的凉
带着一种从天而降的纯洁

我的花瓶

它来历特殊
就像滚滚红尘里
一个与众不同的人

我的花瓶
举着我心中之花
在缺少美丽的现实中
隐姓埋名地
开放

下雪的时候

我每年都要写到雪
对于雪的热爱，在我
相当于旷日持久的爱情
那种清白，那种透彻之净
开始只是喜欢，而后逐渐迷恋
时至今日，已经接近于崇拜

看见雪花，心会有种隐秘的激动
下雪分明是寒冷的开始
却常让我心头一暖，时而还有
某种心酸的感觉
在人间逗留
见过太多的斑斓和芜杂
这单纯之白，这静虚之境
让人百感交集
让人内疚

下雪的时候，世界苍茫
微弱的雪花
像最小的善意、最轻的美
汇集起来，竟如此声势浩大
一片一片，寒冬的滞重
被缓慢而优美地分解了

我钟爱这样的时分
随着雪花的舞动
许多过去的好时光
一些铭心刻骨的时刻
会悄悄地回来

我会不断地写下去
那些关于雪的诗歌
我要慢慢写出，那种白
那种安宁、伤感和凉意之美
那种让人长久陷入静默
看上去是下沉，灵魂却缓缓
飘升起来的感觉

我发现我喜欢墓地

我发现我喜欢墓地
这里的静穆，朴素
还有，大理石的那种凉
墓碑上，那些端端正正的名字
以及来至此地的人们
那种悲戚忧伤的神情

我来看祖父祖母
回味承受恩泽的时光
祖父祖母，到底有什么力量
以至于我一站到这里
就不断自省，想为他们
变得最好。成为那种
善良纯正的人

如以往一样，我也会
向他们周边的邻居致意
总会有些细节，让我心动
比如，那座刻着丈夫泣立的墓碑前
总是会有鲜花，有时
还有一只削了皮的苹果

我甚至羡慕那个女子

她到底拥有怎样的心神和容貌
以至于住进墓地里
依旧旷日持久地
经历如此细致的疼爱和深情

再不用起床，也不用熄灯的墓园
让我感到一种安全
甚至有柔情蜜意在弥散
这真正宽容和息事宁人的地方
拥有人世之外的辽阔
不动声色的，浩瀚和深

2009. 清明

山顶之风

没人看见过它，它却如此真实地
存在。像一种思想

这无形之物，此刻
正温柔如丝绸的手帕
但它到底是风啊，能量无边
只要它想，就会把那些
被形容为坚不可摧的事物
瞬间变得岌岌可危

山顶之风，此时
正俯身在一朵最小的花上
不知道它们交流了什么
只见那朵花心醉神迷
它要竭尽全力地盛开
直至粉碎

读茨维塔耶娃

年事越长，我对你的阅读，
越增添沉重和悲凉
回望你的命运，再读那些诗句
有时会有被雷击的感觉

那些诗句，像天鹅的翅膀
尊贵地掠过人世的湖面
诗人献出的，是绒毛般的温柔和暖
而面对的，往往是命运最粗暴的面孔

无路可走。当你诀别这个世界
是因为“我已经陷入绝境”
无法要求人变成钢铁，尤其是
当人面对着最黑的黑，最冷的冷

指间捧出过世上最纯净的爱
一个诗人的诗和命运
让我看到人性诸多的秘密
以及以卵击石的凄美和壮烈

此时，莫斯科正秋叶金黄
在你深为眷恋的这座城市
我四处张望，想从那些

迎面走来的人中，认出你

最后，我只能向天空仰望
我相信那尘世的高处
那云朵之中
包裹着你的气息和声音

变老的时候

变老的时候，一定要变好
要变到所能达到的最好
犹如瓜果成熟，焰火腾空
舒缓地释放出最后的优美
最后的香和爱意
最后的，竭尽全力

变老的时候，需要平静
犹如江河入海，犹如老树腰身苍劲
回望来路，一切已是心平气和
一切已选择完毕
再无长吁短叹，双手摊开
左手经验丛生，右手教训纵横

变老的时候，犹如名角谢幕
身姿谦和，自信在心
眼角眉梢，深藏历练后的从容
幕帷垂落，丝竹声远
一切已是过眼云烟
唯有尊严的光芒，闪耀在日暮时分

变老的时候，是起身返回儿童
未必鹤发童颜，却更趋近坦率而纯真

我们在变老，而世界仍年轻美貌
一切循环往复，婴儿在啼哭
而那收留过我们笑容和泪水的人间
又一场轮回，正在声色里进行

这就是时光

这就是时光
我似乎只做了三件事情
把书念完、把孩子养大、把自己变老
青春时代，我曾幻想着环游世界
如今，连我居住的省份
我都没有走完

所谓付出，也非常简单
汗水里的盐、泪水中的苦
还有笑容里的花朵
我和岁月彼此消费
账目基本清楚

有三件事情
还是没有太大的改变
对诗歌的热爱，对亲人的牵挂
还有，提起真理两个字
内心深处，那份忍不住的激动

两串珍珠项链

我将一串珍珠项链送给母亲
另一串送给自己

我想让晶莹润泽的珍珠
在我们母女的颈项上
有限地停留。我想满足
从前，母亲对珍珠项链的喜欢

母亲说这么老了，皮肤都松弛了
和珍珠不再般配。说到这里
她轻轻地叹了口气，让我想到
那些蚌中之珠，一粒一粒
也如同声声叹息的结晶

母亲，还是戴上吧
你已年迈，我也不再年轻
我们还会更老，最终化为烟尘
让这项链，默然地成为遗物

我带母亲来到镜前
让镜子打量，两代
佩戴珍珠项链的女人

这面镜子，有一种魔力
只要是我和母亲同时出现
我就总能看到，若干年前
一个小女孩儿稚气的神情
而她的母亲，彼时风华正茂
颈项光洁，双颊水润
她正在梳妆，脂粉之香
连同温婉细致的动作
让房间里弥漫起
一种柔软的，让人沉迷的气息

真是奇异的梦境

真是奇异的梦境
我竟然梦见，一些从前的衣服
列队而来，簇拥着我
那上面飘浮着我自己的气味
像是有声音说，你好，主人
我们来找你，一直没有忘记

全是我从前喜欢的衣服
花色，样式，依然让我倾心
有的尺寸之小，让我惊诧
我曾有过那么纤细的腰身
它们与我亲密无间
熟悉我身体、生活一些隐秘的细节
它们沉默忠实，从不乱说
什么也不曾吐露

那些衣服让我在梦中动容
我和自己的过去猝然相逢
多少往事，在衣服中一一浮现
我甚至在那条蓝裙子里
翻出一张字条：江边，纪念塔下
不用急，我会一直等你

我终于明白了，为什么
不再年轻。我的好时光
被这些衣服带走了
它们包裹着稚嫩、青春、光芒
一个女人饱满丰盈的岁月
优美地消失在尘埃里
如果回来，也只是在这沉沉的梦里
一旦醒来，就倏然消失

风雪之夜看窗外

看车子像各种昆虫经过
看一对不怕冷的情侣经过
他们依偎着，像是彼此的部首偏旁
看一个醉汉摇晃着经过
三心二意，像一个正在拆开的汉字
看一张纸片瑟瑟地经过
看一顶破帽子擅离职守地经过

看北风经过
看月光经过
看 2014 年最后的时光
就这样悄然经过

再过些年，也有风雪之夜
我此时站着的这个位置
谁会在怅望。他或者她
能否想到，从前，一个平凡的诗人
心事重重，曾从这世上经过
想到这一幕，我举起手
算是提前，给后人打个招呼

2014. 岁末

喜 鹊

生而为鸟，会飞，还发出鸣叫
就被认为是快乐的。尤其是
这一群，甚至是必须快乐
因为它们名叫喜鹊

喜鹊不知道自己的名字
它们萎靡地站在枝头，心事重重
就算站得很高，如今
雾霾重重，也无法看得很远
礼服般的羽翼，满是尘埃
和祖先相比，它们的确运气太差
没办法，我们遇到了困厄
它们遇上了我们

2017

世　界

从前，我年轻，特别爱谈世界
我的向往和好奇，无边无际
世界之大，太多想去的地方
每次远行，兴奋得都有些慌乱

如今，我的世界
具体而琐碎，触手可及
就是眼前的饮食起居
包括常去的药房、书店、超市
年迈的父母，就是整个亚洲
要安于倾听，母亲的前言不搭后语
谨慎耐心，搀扶不能自理的父亲
艰难地下床，一步一挪
气喘吁吁，坐到他的老椅子上

流水的光阴，铁打的世界
我貌似已循规蹈矩，心生凉意
却依旧在世界的目光下，想象着世界
世界，你如此博大、绚丽、神秘
你的千般美好，你的险象环生
包括由你生成的各种遗憾，锥心之痛
依旧具有如此魅惑——

你地心引力般的沉沉召唤
你的深不可测，你的不可抵达

2017. 岁末

被冻住的船

那些船，被冻在松花江边
一声不响，看上去
像一群逆来顺受的人

它们用整个冬天来回忆
那在大江里航行的感觉
仲春和风，盛夏艳阳，深秋的星夜
当船头划开波浪，那种姿态，那种声音

作为船，比起南方的同伴
它的体验更为多元，甚至接近深邃
肃立严冬，知晓季节的威力
那被形容为波光粼粼、随风荡漾的大江
一到冬天，把心一横，竟坚硬如钢铁
任凭汽车，人流在冰面行走
而骄傲的船只，它的浮力此刻毫无意义
只能接受冬天的苦役
如老僧入定，一动不动

寂静的松花江之岸，北风料峭
行人稀少，只有那些冻住的船只
在回忆，冥想，闭关修炼
漫长的冬天，让它有机会

一遍遍体会自由的含义
它必须耐心，在此扩大自己的心量
等待轮回，静候冰消雪融

2018. 1

我对自己充满了同情

我对自己充满了同情
在这座我生活了几乎一生的城市
很难再找到往事的痕迹
幼儿园、小学、中学、大学
或者消失，或者迁移，或者面目全非
连同那些动人的老建筑、教堂、小街
能让你望着出神的地方，越来越少
让你生气的事情，层出不穷
时代的橡皮巨大而粗鲁
旧时光体无完肤，正被一一拭去

往事已无枝可栖，记忆的峡谷里
却仍有山峰、流水、摩崖与溶洞
那些若隐若现的细节，那些
昔日的声音、正滴滴答答
落在心思的钟乳石上

我常常站在一处处旧址之前
默念着一些名字。童年的伙伴
师长，同学，青春时代的恋人
你，你们，还有那些相关的味道、气息
分别来自教室、操场、电影院
当年的女生宿舍，还有

那曾让心跳加速的，某个男孩子的怀抱

是的，“一切都会成为过去”
可这伤筋动骨的速度，这种迫不及待
包裹着太多的粗暴、薄情、冷血和蔑视
下手之重，仿佛我们已经不配
再拥有往事，必须来路不明
眼看着那些逝去的岁月，落花流水
历史和记忆，先失去穹顶，再失去四壁
变成草芥粉末，似乎根本不值一提

2018. 2

在敦煌看壁画

你看那些神仙，不只端方持重
有时，还那么调皮，生动好玩儿
那些飞天，彩裙飘带，鼓瑟吹笙
披挂绫罗绸缎，云霞迤逦
风神之美，神秘，深邃
一片烂漫，让人心醉神迷

真是漂亮！遥想当年
作画的人百般辛苦
却也会有隐秘的欣慰或欢喜
唇如花瓣的某张面庞，极有可能
就是某位画师的心上之人

各位在墙壁上，绚烂而肃穆
依旧带着纷繁密集的信息
岂止呼之欲出，那种能量
简直就像要把我们吸入
那画面之中。作为生者，我们
手持相机、手机、自拍杆及各种神器
却形神简陋，各种缺斤短两
面对墙上诸位，倒像是尚未完成

2018

局 限

真是悲哀，被深深吸引的地方
我又一次力不从心
面色苍白，嘴唇乌青
几乎奄奄一息。“你这是高原反应”
我这可怜的、来自低处的人

肉身的尴尬和沉重
本身已形成隐喻或者提醒
天地大美，我却如此不堪
连呼吸都开始困难，如弥留之际

绝美的雪山和湖水
大自然最为幽微神奇的地方
那些魂魄之处，必有玄妙和暗藏的机密
而此刻，这一切正逐渐对我关闭
高原，这个词是泡开的雪菊
颜色渐深，缓慢散发着清冽的凉意

我是过客，即便来过数次
也只能是拾取领悟的碎屑
更为懂得，什么是局限
有些暗示，竟是从晕眩中获得
比如，什么叫作——适可而止

你看，那和牦牛在草地上玩耍的孩子
简直金光闪闪！那是默契的光芒
那个孩子，他张着两臂奔跑
随时都会飞起来，变成云朵或者星宿

远处，一群矫健的小羚羊
听到动静，忽然怔住，蓦然转身
头颅的轮廓，那么优美
停顿一秒，而后，它们似有所悟
继续奔跑，轻盈的身姿
飘逸如幻觉

2015—2018

茶卡盐湖

从雪山到盐湖，霜雪满目
这虚空之地，旷远庄重
就像是世界的一部分底细
尤其此刻，这是恍惚的凡·高画出的夜晚
满天群星，千万朵金黄的雏菊
铺张地开满黛蓝色的天空

空气透明，神圣感冉冉上升
没有任何动静，你却分明感知到
万物都在轻轻地战栗
凉风携带细针，先是掠过肌肤
而后一下一下，遍扎思绪
有种感觉，类似于万念俱灰
同时又心神开阔，如获千钧之力

曾经的大海，抬身变为高原
是谁说了一声：收起
风暴与波澜消隐。水滴成盐
一切，都可以消失
再以另外的形式出现
巨大的沉寂中，万物守序
岁月轰隆，古往而今来

想起那些圣贤和诗人
其中某位，就曾经生活在此地
他们心事孤绝，才华出尘
许多人一生寂静，与眼前
多么相配。他们把自己渐渐地
从波涛变成盐湖

这样想着，竟恍然觉得
那些从世上消逝的身影
此刻又重返了回来。茶卡盐湖
最后的退守之地。苍茫处
有高人隐身独坐
而那在星光下如纯银闪烁的
正是他们的智慧与命运——
璀璨如盐花，咸涩如泪水

2018

日记片段

它是在天上？这宇宙间的孤品
更像是刚从海水里站起
这清澈的，刚走出波浪浴室的
白月亮。不只是美
一种圣洁感，一种超脱万物的魅力
瞬间，笼罩了天地

突如其来的美好，竟有点像打击
大海，明月，身边的友人
月光伸出慈悲之手，轻轻地
拂去种种覆盖，包括尘埃，包括年龄

我想起许多年前，一个男孩子
也是在一个月夜，在苍茫的北方
他对我说：永远——
他真年轻啊，而我，还要更小些
那天的晕眩之感，今夜竟重新降临
铭心刻骨。那是此生第一次
有人身披月光，向我表白

2018. 10. 27

渔寮观日出

这一刻知道了为什么要有天空
当太阳升起，这种盛大
必须有辽阔作为背景

太阳从海面升起
它是最庄严的帝王
它的早朝光芒万丈

什么都变过了
或者更好，或者更糟
只有它，还是这么热烈、夺目
每日君临，却总像是新来的

让我失望的事物与日俱增
唯有这自然之美，依旧让人震撼
这样的光线，其实也是箴言
我相信我已经有所领会

2018. 10. 28

柳　沄

1958年10月6日出生于大连，1964年随父母工作调动来沈阳，1974年9月下乡到盘锦胡家农场，1977年1月应征入伍去吉林当兵，1986年复员分配到辽宁省作家协会，曾任文学刊物《鸭绿江》编辑。1993年参加第11届青春诗会。著有诗集《柳沄诗选》《落日如锚》《阴谋与墙》等。

一种过程

一只肥大的桃子
一只光芒四射的桃子
从枝头上宁静地落下来
就像凡·高割掉的耳朵，那么沉重

一只富贵的桃子
一只被风雨诅咒过的桃子
一只盛满水声的桃子
从那个高度上掉下来
并且像落日那样，弹了几下

一位美丽的少女匆匆走来
弯腰去拾那只桃子
当她抬起头时
已成老妇

得意的事情大概都会这样
——这种念头在我心中一闪
那桃子和女人
就突然腐烂了

世界说：嘘
别出声……

重读一遍落日

以一种轻松的心情
重读那沉重的落日
不说话，像黄昏一样冷静

那么近，那么确切
如一只刚刚哭泣过的眼睛
它紧紧地盯住谁
谁就是孤独的守夜人

全部的意义大概就在这承受之中
此刻，落日一动不动
却又无时不在急速地下坠
然而第二天早上它会照常升起
上面仅仅多了道醒目的裂痕

除此之外，落日
更容易让我想起先人的面孔
你看，热烈之后
它只剩下阴郁和冷峻
哦，它过分的完美使人生残缺
或者说，它使一种坎坷的过程
自垂危的时刻趋于圆满

因此落日是平和的
在一种深刻的节奏里
我感受到了它的无奈和宁静

当落日与山峰相撞
并且碎得辉煌
我因那轰然的巨响
而听不见任何声音

景 致

雨停了。风还在吹
一些事物悄悄离开
另一些事物
继续摇晃

秋天的风
像秋天那样凉
太阳瞧着风中的花朵
花朵们瞧着
啪嗒啪嗒掉落的花瓣

天空因此更空
比起一条拉链
一座又长又窄的拱桥
雨后的彩虹，似乎
更适合用来裹脚

一位脚步细碎的老妪
恰好经过这里。她的脸
像旧时代的疤痕
那么深远

当她

被一道下坡路带走
夕阳在一辆漏油的公交车上
找到了更多的轮子

瓷 器

比生命更脆弱的事物
是那些精美的瓷器
我的任何一次失手
都会使它们遭到粉碎

在此之前
瓷器吸收了太多的尖叫
坠地时又将尖叫释放出来
这是一种过程，倏忽即逝
如此，千篇一律的瓷器
谁也挽救不了谁

黄昏的太阳雄心消沉
围绕着那些瓷器
日子鸟一样乱飞
瓷器过分完美，使我残缺
如果将它们埋入地下
那么我漫长的一生
就只能是瓷器的某个瞬间

但在另一种意义里，瓷器
坚硬得一点力气也没有
它们更喜欢待在高高的古玩架上

与哲人的面孔保持一致
许多时候，我不忍回首
那样它们会走动起来
而瓷器一经走动
举步便是深渊

因此就不难明白
为什么瓷器宁肯粉身碎骨
也拒绝腐烂
是的，瓷器太高贵了
反而不堪一击
在瓷器跌落的地方
遍地都是呻吟和牙齿

瓷器粉碎时
其愤怒是锋利的
它逼迫我的伤口
重新绽开

杨树林里的花楸树

茂密的杨树林里
生长着一棵
跟杨树不一样的树

不但叶子不一样
枝条不一样；甚至
连摇摆的姿势
也有些不一样

后来我才知道
它的学名叫花楸
属落叶乔木。春天
当杨树们争先恐后地扬絮的时候
它静静地开出
许多白色的花朵

然而，不走进林子深处
你无法发现它
远远地望去，它那
与杨树不一样的叶子和枝条
使它和周围的每一棵杨树
像生命和生命那么一样

我因此记住了它
——除了让自己
长得和杨树不一样之外
它几乎没有别的事可干

它因与杨树过分的不同
而枝繁叶茂地成为
杨树林的一部分

山　顶

通往山顶的小路
越来越陡峭
陡峭始终是多余的
但攀爬不是

整整一个下午
山顶默默地俯瞰着
俯瞰使我的攀爬
反复成为蠕动

其间，好几块
被我蹬落的石头好几次提醒我
——爬得越高
就有跌得越惨的危险

我早已分不清
林涛声与喘息声哪个更粗重
却知道每一位抵达者
都像迟到的人

但这时的山顶
格外像山顶
我是说，它使眼界不一样的人

有了一样的远方和眺望

使眺望中的我突然意识到
——所谓远方，无非是
一些东西变小了
一些东西不见了

飞　天

名词，也是动词
两者之间，这些
来历不详面目不清的女人
既不能飞走
又不想落下来

这些一千四百多年前的女人
与我面对面地注视着
一千四百多年的时光，也无法
将她们飘动的衣袂
以及饰带，变成翼

既不飞走也不落下来
她们卡在那儿的样子
远不如洞窟外的月牙泉
那么舒服地泡在
时而荡漾时而平静的泉水里

远不如漂亮的讲解员
那么迷人。赶往
天堂的她们使天堂空着
就像四周的沙漠
那样死寂地空着

想不出我与她们
到底有什么关系
我从东北远道而来
好像就是为了在她们面前
惦念家中的女儿和妻子

天　空

一只麻雀飞过的天空
与一群麻雀飞过的天空
是一样的

一群斑头雁飞过的天空
与一群丹顶鹤飞过的天空
是一样的

甚至乌鸦飞过的天空
与苍鹰飞过的天空
也是一样的

但我仰望的天空
与鸟儿飞过的天空
肯定不一样

就像一只麻雀和一群麻雀
那么不一样；就像
乌鸦和苍鹰那么不一样

就像一群好看的斑头雁
与一群更加好看的丹顶鹤
那么不一样

越走越低的河

我想说说那条河
那条越走越低的河
当它走到更低的地方
落日已落进大海里

我愿意将这一切
看作是高度对深度的投奔或归顺
但上游并不会因此消失
它一直在那儿，一直
云里雾里地端着架子

此时已是深夜
沿途那些恍惚的城镇
更加恍惚。我吃不准
是河的经过不真实
还是城镇的存在不真实
或者经过与存在
都有些不真实

所谓岁月，其实
就是河不断向前面走去
而不断留在后面的东西
其中包括许多人物许多牲畜
也包括从牲畜的皮毛上

抖落下来的月光和雨水
如果今晚不能将其带走
明晚就是另一条河的

遇到走不通的地方
就想方设法地绕过去
因此，伟大的河都是弯曲的
其弯曲的程度等同于智慧的程度
它先于我知道：太直了
不但自己很不方便
大地也会很不舒服

偶尔也会停下来
像一个昼夜兼程的人
不得不于某时某刻某处停下来
然而，在河那里
歇息从来不叫歇息
而是称之为断流

这种时候，河
格外像一道又深又长的伤口
那不是一年的雨和雪
就可以抚平
可以掩盖掉的

在渤海边看渤海

在渤海边看渤海
看它的辽阔看它的蔚蓝
看它无边无际的裸在
蔚蓝的辽阔里

看众多的海浪
争先恐后地跃起又落下
使无声的阳光
一刻不停地发出
碎裂的声音

看雪白的水鸟
和黑得发亮的礁石
我想说的是
水鸟栖落在钻出海面的礁石上
如敛翅于教堂的尖顶

再看下去，落日
已临近海平线
此时，它是那么吃力地擎着
就要熄灭的自己
如擎着初亮的灯盏

空茫的渤海更加空茫
——既什么也没有
又显得来日方长

为什么不呢——
在离渤海最近的地方
我断续看渤海，并且
像面对生活那样
满怀敬畏地面对着
它的深邃和浩瀚

一对瓷瓶

人原来可以这么安静
可以不声不响地坐在
自己的旁边，好比
一只瓷瓶和另一只瓷瓶

一只瓷瓶
紧靠着另一只瓷瓶
中间那道无法弥合的缝隙
使它们成为
难以分开的整体

是的，人和自己
有时太像两只一模一样的瓷瓶
区别在于
一只一直空着
另一只，则
渴望盛满什么

要是
反过来说
也一样

两只绵羊

黑山路西侧
某家新开张的火锅店门前
拴着两只洁白的绵羊

那是两只据说来自草原
又明显被店主精心梳洗过的绵羊
因我比喻得不够精彩
而特别像一片蓬松的云朵
和另一片，同样
蓬松的云朵

没过多久，它们
就脏了。在大都市
难有什么一直都是干净的

不知道离开了草原的羊
还算不算真正的羊
但此刻，照在两只绵羊身上的阳光
肯定也照在草原上

其实，无论我怎么写
羊都只能是畜生
它们在一望无际的草原上

专心致志地吃着鲜嫩的草
仅仅是为了让人和狼
能够吃上，远比
鲜嫩的草更好吃的肉

再次路过这里时
两只绵羊不见了
在它们消失的地方
有两摊未干的血迹
那血迹又腥又红，看上去
跟人的跟狼的完全一样

落在院子里的雨

雨落在寂静的院子里
院子里的车棚、石凳，以及那只
反扣在墙根下的铝盆
让一样的雨，发出
不一样的声音

雨不停地落在院子里
听上去，那些不一样的雨声
在好几个地方同时不厌其烦地数着
难以数清的自己……
一遍，又一遍
即使偶尔停下来
也像缓口气那样短暂

除此之外
它们不理睬任何事情
更懒于知道：一个
坐在某扇窗户里面写诗的人
正把窗户外面的情景
比做一大群鲟鱼
在一同甩籽

整整一个上午

它们没事一样
不慌不忙地数着
高一声低一句地数着
直到把自己
一滴一滴数尽

好像不这样
那鱼群一样黑压压的云层
就不会散开
太阳也不会出来

蠕动的小径

河对岸，蠕动着一条
时隐时现的小径
觉得没啥意思时到阳台上望望它
便成为一件挺有意思的事

那里常常空无一人
常常是它自己，弯曲着
钻入一片晃动的林子
当它从另一端钻出来时
又弯曲了一些

极少有人走动的小径
极少有人知道它通往何处
但在我看来：既然
它和自己一样宽
那么肯定也会和自己一样长

现在是初春，不久
路边的草木就会用各自的枝叶
将它遮在浓荫里
那景象，就好比
不一样的孩子用一样的睫毛
把月亮掩在睡梦中

我对那条没有人走动的小径
渐渐地有了兴趣
比如此刻，它
好像刚刚从东边回来
又好像正朝着东边赶去

时间在它那儿
始终那么直接和简单
仅仅是一种往返
或者来回……

山里的石头

山里的石头真多啊
跟城里的人一样多
高的和矮的
坐着的和站着的

跟人一样多的石头
跟人根本不一样
它们沉默了那么久
却仍在沉默

此时，我和几位诗人
于石头的沉默中
说着唠着，偶尔
非常激烈地争辩着
这当然不是我们知道的太多
而仅仅是说的太多

石头好像是在听着
更好像是在睡着
它们经常在一梦到底的酣睡中
把一年睡成一天
再把一天睡成一秒

所以，我们经历过的
石头早就经历过
比如时间，比如雨雪
比如阳光和月色

但与沉默的石头
根本不一样：我们
说着说着就把自己
从这个世界上说没了

局外人

太阳从一种鲜红
返回到另一种鲜红
太阳熄灭的时刻，星星
一颗接一颗亮起

平静的一天
即将平静地结束
我的周围，充满了
灰烬般的疲惫

时间却一刻不停
在必走之路上
那位牵着狗的少妇，有着
牵着狗的那种寂寞和伤感

这是我的看法
却跟我没有任何关系
就像被笔写出来的孤独
很快脱离了笔

孤独有着，比
海螺还要坚硬的外壳
但我从来都不是那只

寄居在里面的小蟹

我只是在这间不大的屋子里
随便写下这一切
而这一切，使我有幸
成为局外人

难以数清的麻雀

雪落下来的时候
草坪里的麻雀
并没有飞走

隔窗望去
那群觅食草籽儿的麻雀
比最饱满的草籽儿
大不了多少

有那么一会儿
我在心里默默地数着它们
第一遍是二十三只
第二遍是二十七只
第三遍则变成了十九只

再数下去就更乱了
我一点也没有料到
那群一目了然的麻雀
竟然使每一个数据
都那么可疑

然而，雪越落越大
却是确定无疑的

它们依旧在那片草坪里
仔细地翻找着
用以果腹的草籽儿

这期间
一些雪花不经意地落在
它们的羽毛上，像
落在另一些雪花上

废 园

没有比这里
更静的地方了
即使我在里面转悠了很久
它静得依然像
从未有人来过

有时我会转悠得更久
直到再次喜欢上它

我越来越喜欢这处
因不再被人看管而草木葳蕤的废园
风，常常让它们
像风那样随便

那情景，仿佛
整个世界都在枝繁叶茂地说着什么
不！世界在废园这里
除了绿着苍翠着
再无别的事可干

除了想写好
难以写好的诗
我也无事可干。所以

每天下午来这里走走
便成为一件非干不可的大事

与我去过的所有地方不同
在这里行走格外是行走
——区别于逃离的同时
也区别于追赶

天气出奇的好

天气出奇的好
好得阳光全都流出来了
在浸透我的同时
又不惊动我
只是我长时间地忽略了
这个细节

我长时间地坐在
街边公园的木椅上
远远地离开
那个坐在编辑部里
埋头看稿的自己

这是初冬
一个风和日暖的下午
是那股笔直地，从
不远处的热电厂升起来的青烟
闲着的时候

闲不下来的，是人
那青烟似的一生
——沿着一架长长的
肉眼看不见的梯子

费劲地爬到
梯子够不到的地方
然后就散了

我得再坐一会儿
平静地想一些
和青烟和梯子
无关的事情

被一块石头瞧着

它在瞧着我
很长一段时间里，它
一直蹲在那儿瞧着我

像我瞧着它那样
瞧着我。我是想说
——像我瞧着一位
缩颈抱膝的男子那样
好奇地瞧着我

山里的落日
落得格外早
而透明的余晖
使我莫名地想到
透明的福尔马林

它蹲在那儿
继续瞧着我
像一位缩颈抱膝的男子
在瞧着一块，从未
瞧过的石头那样
饶有兴致地瞧着我

瞧着我
于福尔马林似的余晖中
若有所悟地坐在
身体与遗体之间

宋　琳

祖籍福建宁德，1959年生于厦门，1983年毕业于上海华东师范大学中文系。1991年移居法国。2003年以来受聘于国内大学执教文学。现居大理。著有诗集《城市人》（合集）、《门厅》、《断片与骊歌》、《城墙与落日》、《雪夜访戴》、《口信》等；随笔集《对移动冰川的不断接近》《俄尔甫斯回头》。1992年以来一直是《今天》文学杂志的编辑。曾获鹿特丹国际诗歌节奖、《上海文学》奖、东荡子诗歌奖、2016年度十大好诗奖、昌耀诗歌奖等。

只有时间

只有时间是真实的
只有时间能穿越表象世界的感官进入体内
让坐在藤椅中的女人仅仅转动一下脸庞
便使观赏者的眼睛惊异
使你彻夜不眠

只有时间创造了流动
创造了河
两只水獭被自然之母丰腴的子宫分娩
爬上岸来频频交颈
宇宙由此进化
这无知的兽类是颅骨硕大的人的先哲
也是最初的观察者

只有时间使香樟树凿成不系之舟放浪于泽上
午宴的男人和女人隔着巨川
看见我们
相继远去
留下了承接果实的火制陶盘
由聪慧之手举过头顶
只有时间具有如此巨大的挑逗性
向你亮出最神秘的部位
又迅疾遮掩

只有时间的喉腔发出尖锐而怪诞的声音经久不衰
在你的血流里激起水花
万物在舞蹈中静止
只有时间让那么多远道而来的朝觐者双膝着地
普利高津的前额被欲望敲出黑洞
在世界的海滨
不明飞行物的残骸长成一片
人间奇景

只有时间端坐于高坡
用灿烂的手指向我耳语：
人啊，举在我右手上的地球是一只多味苹果
内中的果仁有三颗
时间如是说

1985. 3. 26

空　白

在那里时间解放了我们。一只翅膀最红，
遮着世界，而另一只已轻柔地在远处扇动。
——埃利蒂斯《勇士的睡眠》

去过的地方离我们并不遥远
憋足了气慢跑就能赶上。一些容颜古旧的鸟
胸脯里装满谷粒
我的口袋里装满了钱
去白得耀眼的房顶上滑雪
跌落时会有一阵恐惧的心跳，脚发软
身体的下面很深
晚上在铁道旁的旅店里光着身睡眠
隔着栅木可以看见
肌肤若冰雪
方寸之间有一丛绒毛粘上福分
与窗外灵性的草没有两样
无声地漫延
直到月蚀，天上出现空白

那一切都挨得很近
火柴和烟斗，腰和臀，宗教和艺术
两个半圆轻轻合起
像下巴上的嘴，用呼吸吹奏死亡

最美的花在城市附近的村舍微笑
没有人知道她的身世
父王的脑髓被神明点了天灯
我想起枫丹白露之夕
画匠们拖着雪橇云集，争论什么是空白
房客有了主人——这是我的财产
你们随便使用吧
午夜的另一面是墙壁，突破
你可以继续赶路
我把手枕在头下，身体便缓缓飘过
所有去过的地方
城市的停尸房里有我的熟人
绰约若处子
可怜的脚涂满了泥巴，手松开一片死光

1986. 6. 2

老 虎

难以企及，一只铁笼外的老虎，
迈着轻盈的、无所谓的步武，
这畜生向着整个宇宙低吼。

星际的重量压在它的眉骨，
想将它粉碎，但谁又能扑灭
它眼睛里喷出的火？

黄金条纹的闪电曾撕裂我们的梦，
记忆却从未将它的特征复原，
这不可挽回的损失让我们受苦。

是什么派遣厌烦到它的脑中？
野蛮的力从下颚向着四肢扩散，
心脏的闹钟随时等待着一次发作。

我们从未拥有一只真实的老虎，
在幻觉里，我们靠它的血活着。
难以企及，一只铁笼外的老虎。

1989. 12. 31

我爱生活在陌生人中间

既不能排除鸟电波的干扰
也不能迫使一块石头成为听众
我越居其上
成为自己的主宰

我该怎样向你描述欢乐？
急转直下的大冰
这是我在遗忘的边境的一次游历
没有喝下持盾巨人星的眼睛
批发独坐
我安然渡入它浩瀚无际的脸

正午的邂逅

在呛人的阳光里停下脚步
突然，一个飞人落在山毛榉树上
悠然自得的平衡术被大海的磁场搅乱
——我是他冒险记录的偶然见证

鸟屿，这些在时光中浣洗的
白昼的星辰，正午的漫游者
犹如闪光的额头沉思着一步棋
沙兰特河用多棱镜照着它们

或许他就是那棵想飞的山毛榉树的
一个梦，通过枝叶的摇篮回到大地
如果他曾经绽开也是在天空中
毕竟那降落伞是用幻象织成

看他身轻如燕地走向海滨大道
仿佛已从教训中脱胎换骨
那里一个少女正仰脸把他迎接
她的花园像荨麻阴影里的罗盘

“请问这个村庄叫什么名字？”
“永恒的恶魔之夜”
“这么说我误入了水妖的王国？”

“是的，我们等你来已等白了头”

隔着篱墙你一言我一语
海上的风暴在邂逅者头顶悄然聚集

1993

三十五岁自题小像

眉宇间透出白日梦者的柔和，
折射内心微妙的光束，
平静的目光落向一个地点。
颧骨略高，但鼻梁正直，
面颊的阴影燃烧着南方人的热情。

眼睛里有迷恋，也有疑问，
因见识过苦难而常含宽恕，
在美的面前，喜欢微微眯起。
额头不曾向权势低垂，
嘴角的线条随时愿意与人和解。

生命之树茂盛，秋天已临近，
风将把乡愁吹成落叶。
这张脸贴在手掌上能感觉它自己，
从镜中看着我时却变得陌生；
这张嘴化为尘土以前将把诗句沉吟。

1994. 1

无 眠

住在街对面的无眠的人
如果你为一段往事辗转反侧
如果你恰巧也是一个异乡人
为今夜的无端不宁所搅扰
如果你听着海风——海很遥远
想象月光——月已落下
你熟悉的一切：家人，友情，地址
回忆中令人心旌摇荡的时刻
向你不辞而别。世界背叛了你
如一个不忠实的情人
因朝夕相处而充满你气息的
每一件小物，也都转过身去
甚至你自己也成了黑暗的同谋
正柔肠寸断地把你拧绞
你听着心跳——血在流动
观看手足——完好无损
如果你抬头望见了那颗星
一颗晨星，多么美丽，她在跳动
而很快她也会消逝
那么此时，请大大地打开窗口吧
这样我就能看见你并且祝福你

1996．7

告诉云彩

一个个尖顶刺入天穹，一排排浪翻滚，
轮辐和磁针都不会停止，欲望也不会。
我们活在世间，抛开苦难不谈，
走在街上，大步流星，依然先前模样。
梅花看过了蟋蟀歌声又起，
月光浣洗金棕榈的绸衣，和我们
神圣夏夜的欢爱。燕子倾斜，
有点娇慵的人儿多妩媚。
诗人下地狱，与亡魂交朋友，
而市侩们抹着嘴唇，站成一圈，
拥着蜂腰或蛇腰进出转门。

现在你看，西天那一片彤红的云彩，
幻美，灿烂，点燃了银行大厦的玻璃，
也把绿光的圆弧镶入松鼠的眼睛。
我为何不能赞美这哀伤的天使，
这回光之海的惊心动魄，
这可见的移动的乐园，奇迹人生
短暂的万花筒？我为何要去想，
我有多孤独，多厌烦，多绝望，
像那些入夜以前将客死他乡的人，
像哈姆雷特？就这样告诉漫溢的云彩，
说我们已来到阳台，且啜饮又观望。

1998. 10

博登湖

众鸟之钥突破黑森林的锁
水光压迫视网膜。渡船驶向城堡
并没有谁从太阳的高度坠落下来
人们面无愧色，斜倚栏杆

这片水域由色彩构成，陌生而浩瀚
细细描画出小山和葡萄园村庄
袖子高高捋起的健壮的洗衣妇
站在正午波动的阴影中

一次即兴游历始于多年前的
一次出走。坎离之家的浪子，自许的
帕西法尔，被奇迹的血放逐到
心跳像马达轰鸣的原始天空下面

眩晕的光景！鹿飞奔湖畔
浪花，瞬息的花，浸入我们的感官
远方仿佛一个招魂仪式
半个神的荷尔德林踏浪归来

眺望的人中哪一个是我？
谈谈桑社、雩祭，或贤者的击壤歌
房星南曜的农事诗时代

如今我们遁迹域外，形如野鹤

以山水为药，亦可刮骨洗心
彼何人哉！披发佯狂，奥渺不测
深藏起孤绝的辞乡剑和一双红木屐
伫立船头，俯身于滟潋碧波

满空皆火，湖心燃烧着七月
船在移动中击碎了过于明确的东西
诸如必然的遭遇，不死的陈词滥调
将一次横渡引向一生的慈航

1999

有感于周易古歌的发现

——给孟明

一代又一代人思考过宇宙
这本书声称，它就是一个对应的宇宙
整个下午，喃喃念诵它纯朴的诗句
如同一个从地下醒来的陶俑
被面前的光亮吓得目瞪口呆
我感觉到每一个灼热的词
都像一块来自远古飞船的碎片
寂寂燃烧，没入深蓝的涡流

龙战于野；其血玄黄
象与数的同一只神秘罗盘，载着
来源的金、木、水、火、土
现在，在我宽大的桌面上显现
诗，每一行（正如韵府）都是真的
但音乐在卜辞中沉睡了千年
没有人知道，由于断章取义
占问者的未来更显得扑朔迷离

时光磨亮了一些明器般的事物
沣水以西，周人祭天的岐山
东渡的盟誓似乎仍在喧响
一次是修井，一次是婚媾
一次是君子行役，皆可入诗

而目光浑浊的学究们，千百年来
在颠倒的对卦里排列星辰
竟无一人走出命运嘲弄的迷宫？

语言简史

既无名称亦无目光，从未有过酣畅淋漓的流动
——冰川宝蓝色的沉睡。寒冬严峻的刻刀
在那透明的棺椁表面继续跳着透明的死亡舞蹈。

语言抵达那片缓坡，在昨天的猛犸离去之后。
那边走来一个穿桦皮衣的人，他有着从地狱归来的
但丁一样苍白的面容。他缓缓吐出一个词——“花”。

2002

博尔赫斯对中国的想象

（一首仿作）

沙漏。秒。最细腻的皮肤的触觉。
玉如意。痒。你读过的书中
既无页码又无标点的秘籍。
太阳的章节。月亮的章节。海的章节。
哑剧的脚本。一首比枝形吊灯更美的
佚名作者的回文诗那循环的织锦。
宫女在奉献之夜对皇帝的规劝。
《尔雅》的一个章节或《易经》的一个对卦。
大禹的病足和铁鞋。滔滔江河。
徒步丈量世界的、作为K的原型的竖亥。
（卡夫卡知道，他永远到不了极地）。
函谷关的两扇门，桌上摆着那
字迹未干的《道德经》的第一个版本。
空虚的富足。逝去的回归。
南海鲛人的一滴变成珍珠的眼泪。
李商隐写给某个女道士的无题诗。
爬上泰山的一只阿根廷蚂蚁。
鉴真号水手划船时整齐的动作。
一张利马窦在肇庆绘制的坤舆图。
宇宙飞船上看到的万里长城。
象征天圆地方的一枚古钱币。
雪落在永乐大钟上发出的声音。
江南那东方威尼斯的富庶与颓废。

考古学家的镊子。木偶的提线。
《山海经》里闻所未闻的奇异动物。
兵马俑的沉默。丹客的炉与剑。
我在日本的一块石碑前
用手掌阅读过的天朝的不朽铭文。
与布宜诺斯艾利斯的一个铜门环对应的
上海石库门上的另一个铜门环。

2003

口 信

如果明天，黑色舰队从我的眼睛登陆
请在梦中为鸽子铺好床
并嘱咐它把眼睛转向东方

如果我化身犰狳，从侏罗纪赶来救火
请赞美用拨火棍款待它的人

如果我结结巴巴像石头
在寒冷的高地睡去
你要灵巧如流水，用一支歌把我淹没

如果地球的聋耳朵在闪电的神经末梢
听不见情人们悲伤的低语
请对他们说：要么守着银河示众
要么像海蛞蝓，自由地卷曲

如果绿衣人按响了门铃，你要祝福他
数到七，我就从彩虹里面出来

2010

献给玛尼堆的小石片

拜谒了塔尔寺，湛蓝的清真寺
撒拉人神秘的古兰经抄本
聆听了裕固族少女山雀般的歌喉
品尝了清水湾一只梨子的高原滋味
仍然有什么在云中召唤
为此我们去攀登一座小山
似乎这样就能追上季节飞转的法轮
小径穿越针叶林，领我们来到雪线附近
作为向众多山神的致敬
沿途有朝圣者堆起的小石堆
像秘仪中的暗号、荒野的圣火
相距邈远，彼此呼应着
从这条也许只有雪豹踏过的大坂爬上来
第一次，我俯瞰了澄澈的黄河
震慑于来自河源的传说。我没有忘记
把一枚小石片轻放在玛尼堆上面
连接始于一声清脆的声响
那石头和石头的碰撞，像陌生人
用方言进行的试探性交谈

2010．7

致米沃什

在你离去的这些年里，
世界依旧是老样子，
只是地球明显地变得不可捉摸，
灾难像惩罚，从天上、地下或海里
降临到人们的餐桌上。
我重读你的诗，你那被逐者的哲人口吻
像来自立陶宛的泉涌，不知疲倦，
那滋养过你的通过你又滋养了别人，
犹如太一生水，水生木，木生火。
而此刻正在燃烧的火，请告诉我
能否诞生一个新的更美的星球？
那里没有秘密警察和住在大脑里的检查制度，
没有破碎的城市，衰败的乡村，
放下干戈举起船桨的人，
手臂鼓胀着仁慈的力量和美，
游荡在心之山守护的幽谷中。

是的，所有的河流都该流向秩序与财富。
但在我的家乡，它们或变细，
或被拦腰截断，或耻辱地死去，
像在沙漠中风干的蓝蜥蜴。
我不知道，如今你安眠的地方有没有
一条小溪流过，好让你平静地眺望，

好让顺流而下的人能在地图上找到
你赞美过的一片树叶、一颗石子、
或某个妇女脸上翘起的一圈眼睫毛。
你纯洁大度的言辞让我相信
在你想象的至福国度里，没有一条河流会消逝。
其中最神奇的一条：阿尔菲河，
据说，消失在大海之后
又在另一块陆地上再度涌现。
你的声音也是这样，穿过暗夜，
在不可预料之岸激起了久久的回响。

2011. 6. 29　米沃什百年诞辰前日

忆故人

我牵挂的客人披着雪斗篷，
说他来自某个久远，
从寒武纪，从伯吉斯页岩
和刺胞动物的嘴，
经历了最凄苦的流亡。
说他是我的同族，长着与我
相似的颅骨，浓浓的，纠在一起的眉毛。
他声音柔美胜似当初。
我请他坐下，谈谈，
他脱口说出醉人的话语：

雪普降的天下盐
我抽象地尝了尝。我的舌头纯化了
人对世界的终极评价
——甜。
夸克，那只虚空的核桃，
我剥开它，
宇宙的心，就在黑云母的
心中怦怦跳。
鹤，我的姐妹，
刚洗了澡，喷了点
彩虹牌香水，
正在夕照的那边等着。

我宁愿赤足蹈雪，
也不要伪装成真理
混入永恒。

有福的人哪，勾魂家，
不可测度的亲人，
在元诗矿山上熬炼着
云、药片和沥青铀里的女巫，
他走过的离乡路迤逦在长庚星的望远镜里。
我问他那边的清凉世界有什么不同，
雪花是否呼啸，如酩酊的蝴蝶？
他缄默不语，并起身告别，
四周顿时弥漫奇异的薄荷香。
而话语的余温如三叶虫的眼皮，
将埋入颅骨的脉状矿床下，
封存在乌有乡的失物招领处。
更多留给死亡破解的字谜，
漂浮着，被误解，被流传，
在大江南北。

谢灵运在永嘉

且从康乐寻山水，何必东游入会稽。

——李白

诗人们痴迷于玄言已经太久，而寂寞的
山水要等到你被谪出京城方才骈俪。
解缆的一瞬，预示着一个时代已经结束，
恩宠和奢华都留给了昨天，除了“将穷山海迹”，
还有什么比宿命更好的安排值得期许？

天生不是重整乾坤的材料，也没有第二条
淝水让你运筹帷幄，将氐人赶回北方。
正如满朝衣冠与器物的老朽令人厌倦，
诤讼又如何替代日暮时分的鸟鸣？放下书卷，
你唯一关心的是一双适合远足的木屐。

带着干粮，杖策于野径和渺无人迹的林陬，
驻足狭窄的一面只为了远眺开阔的另一面。
枕岩漱流之时还可以暗自庆幸，丘壑之美
才是使你血流加速的理由。每一次登临
都是对一笔修辞旧账的全新盘点；每一次

深入都证明，还有一首诗鲜嫩如牡蛎，
如果没有鲛人那超然的手指，谁能够

从浪尖上采拾？从红透的月亮召唤潮汐？
片片丹崖的石帆高挂，几乎要驶出瓯越，
曲柄笠漂浮如转蓬，从北雁荡直到南雁荡。

这一年，物事的消长和荣枯如此迅疾，
清晖虽好，不足以抵御无常，好在悔吝尚远。
严冬过后，枯槁的病体忽如“池塘生春草”。
太守，不，客儿——山水中藏着你最隐秘的身份，
是否诗运的关捩正转折于一场春梦？

2016. 9. 14

阮籍来信

不彻底是我的护身符，因为我厌烦。
瞧我每天与之周旋的都是什么样的物类？
剑，不祥的宝贝，倚在天外，就让它倚着吧。
谁若比我更矛盾，谁就配得上与我对刺。
君子远庖厨？可我最喜欢的地方是厨房。

我吃着，喝着，苟活着，时不时玩着
佯醉的把戏，抱住酒这个人间最美的尤物。
我好色，但觊觎邻人的美妇让我齿寒。
虱子愿意待在我的裤中就让它待着好了，
我的躯壳不也一样，曳尾在泞溺的世界里。

小东西总是让我着迷，何况嵇康死后
宇宙自身也在迅速缩小。从桑树飞向榆树，
雀的羽翼又短又笨拙，却已量尽生死。
我爱庄周，但黄鹄飞得太高，不适合于我，
在这个逼仄的时代，我的形象就是尺蠖。

虚弱，失眠，哭穷途而返的岂止我一人？
别再相信那些关于风度的传言了！我憋得很，
只想在野外独自待着，解小便，透一口气。
从苏门山归来，孙登的长啸萦回在耳际，
我大概成不了仙，把自己埋进诗里却难说。

也请你别再提什么五石散的妙用吧！
昨夜，我梦见与一只猩红的长臂猿搏斗，
我输了，冒汗，被压得喘不过气。吉乎？凶乎？*
果然他又来了，那虚伪的同行，佞幸的侦探。
我只能收拾起坏心情，将青白眼转动。

2017. 3. 11

* 见阮籍《搏赤猿帖》。

韩　东

1961年出生，毕业于山东大学哲学系，现居南京。当代重要的作家、诗人，为“第三代诗歌”的标志性人物。写作诗歌、小说、剧本，导演电影、舞台剧。著有诗集、小说集、长篇小说、剧本、随笔集等四十余种。主要诗集有《白色的石头》《爸爸在天上看我》《重新做人》《他们》等。

苏州—大厂

——给朱文

这是驶往苏州的火车——我知道
它不会出轨。这是
短途旅行产生的疾风，我知道
身边的朋友不会丢失

仿佛是铁马犁过荒地
苏州的郊外竟闪耀着积雪！
也许，这就是对季节的信任
单纯的人在旅行中变老

这也是我对你生病的解释
在大厂，远离写作的朋友和苏州
你和你的疾病在一起，恍惚间
旅行到了一个类似于江南的地方

小　姐

她的衣服从来不换。
我注意到，它是美丽的、肮脏的，
它是表姐的。
穷人无二件。

我注意到她身处的店堂、我们分属的阶级，
而性的微尘无理智地来往。
裸体的必要，比穿衣打扮更简单。
服饰比身体更令人羞愧，是可能的。

“小姐，你的穷
是空缺的财富。
你的空虚很实在，脸蛋儿被油腻衬托得更美。”

她的青春在搬动桌椅中度过一年。

一声巨响

一声巨响
我走出去查看
什么也没有看见

一小时后
我发现砧板
落在灶台上
砸碎了一只杯子

砧板丝纹不动
杯子的碎片也是
静静的

当初砧板挂在墙上
杯子在它的下面
也是静静的

一些人不爱说话

一些人不爱说话
既不是哑巴，也不内向
只说必要的话
只是礼节
只浮在说话的上面
一生就这样过去
寥寥数语即可概括
一些人活着就像墓志铭
漫长但言词简短
像墓碑那样地伫立着
与我们冷静相对

读《黑暗时期三女哲》

黑暗时期已经过去了
她们的眼睛好像从那里张望
她们的眼睛像萤火一样
只是发亮，已不再闪烁

焚尸炉的火焰熄灭了
愧对犹太的女儿死于饥饿
一个人活了下来，但也已经死去
世界和读者都是崭新的了

轮　回

躺在宾馆的大床上，抽着神仙烟
读一本深入边地的传奇

那家伙已陷入绝境，饥寒交迫中
回忆起老家舒服的火炕

火炕上那将身为人妾的少女听见了屋外吹吹打打
心想：还不如死了算了

茫茫的幽冥中，一个寂寞的魂灵
多么想觅得人身，投入花花世界

他合上那本厚书，去楼下的餐厅吃饭
回来接着读。心念轮回不休

汽车营地

汽车营地繁花似锦，
但几乎没有客人。
暑假已经结束，孩子们上学去了，
留下这空荡的最后的花园，
各色花朵不免开得更艳。

布莱恩在炭火上烤肉，
烟雾一直弥漫到看不见的海上。
一对同性伴侣在树林中窥视，
我们也偷窥了他们，
还有那条拉布拉多大狗。
这一家三口来回走了数趟。

人间烟火在暮色中升起，
布莱恩招待我们美食和错落的寂静。
林中情侣不需要吃饭，
他们要去下面看海，
良辰美景和彼此的俊美已够一餐的饱足。

马上的姑娘

高高兴兴地来，就应该高高兴兴地去，
你是骑在马上的姑娘。

我是青山绿水，不是岩壁上的草药，
请带走宝物而不是大山的阴影。

你的离去和遗忘都是美妙的，因为
你是骑在马上的姑娘。山上没有客房。

马蹄声嘚嘚，应伴着雄鹰高飞，
拓展了你的世界我的视野。

也不要有悲伤。这儿只有遥远，
和远方的遥远接上，就有了近乎无限。

你在扬起的尘埃中隐匿了，一会儿又冒了出来，
但是更小了。

青山也会再次枯黄，但轮廓线不变，
你我互为透视的焦点和跨越的地平线。

高高兴兴地来，就高高兴兴地走，
留下的时空将下雨，洗涤这个故事。

清淡的光

我看见一种清淡的颜色，
傍晚就像永恒的黎明。
或者黎明像傍晚，
不曾天黑，不曾天亮。

我在这时光中下班回家，
也许正去上班。
反正我在路上，就像我永远都在路上。
不变的光影勾勒我的家园。

我的妻子在生病，
但愿她好起来。
我的母亲已经死了，
但愿她只是生病。

她俩相扶着来到洁净的窗前，
看见一片清淡的光。
我踩着小径归来也许
正在离开。一切都是令人心安的。

离　去

我就要远走他乡
和一个朋友已经诀别过
他不会等我回来。
我们的感情虽好，但交情没到那份上。
平静，就像今天的好天气
会维持一天。
树站在无风之中。
就像在这之前或之后的一段时间。
垂亡让他变得干净了
空洞的眼神那么舒服。

晴朗的下午

——致乔美仁波切

我看见一个清净的人
眼里闪光，但没有欲望。
汉语说得生硬，但对造句敏感
“如果你愿意，如果你不愿意……”
看着白墙，就像看着草原。
他坐得笔直，像生来就被截肢。

我在想
像他这样活着真是不错
或者，有这样的人活着真是不错。
而且他还那么年轻
只会随时光的流逝简单地老去
不会因历经沧桑而性情大变。
就像此刻窗台上的那尊佛像
因光线的变化改变了颜色。

我们不能不爱母亲

我们不能不爱母亲
特别是她死了以后
病痛和麻烦也结束了
你只需擦拭镜框上的玻璃。

爱得这样洁净，甚至一无所有。
当她活着，充斥各种问题。
我们对她的爱一无所有
或者隐藏着。

把那张脆薄的照片点燃
制造一点烟火。
我们以为我们可以爱一个活着的母亲
其实是她活着时爱过我们。

晚上闷热

晚上闷热
夜里要下暴雨
因为那场淋漓尽致的雨他觉得可以忍受。
他觉得忍受即是渴望。
他想象一个即将到来的日子
陌生的山谷和雨的气味
夜里他趴在一具此刻也在忍受
（忍受爱情）
的身体上
一面抽送一面哭泣。
那场雨要到夜深人静
某种静静的释放和狂暴。

变 化

搬家以后，下了一场雪。
搬进新的工作室，下了一场雪。
星星*死后，下了一场雪。
跨入新年，下了一场雪。

这是同一场雪
覆盖了我走来的路。
雪落在新居的房顶上
窗外的竹林已被压垮。
门前戗着一把铁锨
你可以自个儿动手铲雪。

傍晚时分，下班的人在街上走着
努力回到温暖如春的家里。
我也要回到一个新地方
打开空调、电暖气
努力使室内升温。
暮色中院子里有一堆残雪
像她火化后留下的骨灰。

2018. 1. 2

* 星星是韩东养的一条狗，2017 年老死。

土　丘

在土丘的脚下我们埋了一只猫
然后回到房子里向外面张望。

土丘变成了一座大坟
可我们埋葬的猫是白色的。

“其实，埋在土里的是她的骨灰。”
“但即便是骨灰，也是灰白的。”

争论的时候开始下雪，纷纷扬扬
一座雪冢就此伫立在我的窗外。

我们不再说话，仿佛已心满意足。
即便是土丘也不再是原来的土色。

2018. 5. 7

有关爱与信任

他是我的小狗，肚皮朝上
睡在我脚边的垫子上。
突然，毫无来由地
一个恶念升起：
我挥刀砍向他的爪子……
我这么想的时候他仍然在酣睡
脚爪弯曲，毛茸茸的。
我握住它们，他仍然没有醒
就像我一旦松手脚爪就会掉落。
握着这完好无损但布满隐秘刀伤的狗爪
我亲了又亲。

2018. 5. 31

悲伤或永生

有人死了，但豆瓣还在
仿佛在网络上可以永生。

有人活着，却消失了
微博里最后的留言是：
“无论你是谁，在什么花期
都要活得如此蓬勃呀！”
配图是一张枫叶火红的快照。

我的猫在现实中获得了永生
土丘之上立着一排垂柳。
柳丝拂地，风景绝佳
埋她的地方古意盎然并且特别。

我企图在我的作品中永生
翻开，其中有一段记述：
生产队长摩挲着垫在床上的狗皮褥子*
巴结地对老陶说，“这是你们家小白的皮
暖和着呢。”

2018. 7. 10

*狗皮褥子的情节出自韩东的小说《扎根》。

岳　父

岳父如今不说话了
他做手势。
满是针眼的手转一转
就是把床摇起来
挥一挥，就是“OK,OK”。
动作非常轻柔
有时你会注意不到
他就不断地重复同一个动作。
不是不可以开口
但那样会暴露他的虚弱。
亲爱的岳父爱上了做手势
我想是因为尊严之故。

2018. 9. 18

在医院的楼宇之间

在医院的楼宇之间，一些人走着
在那座摩天楼里，一些人在电梯里上下。
一些人躺卧在病床上，已数月不起。
一些带轮子的担架在楼道里滑行。
一些轮椅空着，等待着
像秋日变凉的怀抱……

如果你恰好走过空地，又没落雨
就能看见真正的蓝天白云和
灵魂之鸟。所有这些走着或躺着的人
都是在经过这里时不慎跌落的。

2018. 10. 12

自　由

有时候非常偶然，你突然置身于自由中。
非常突然和偶然，完全在意料之外。
就像这个雨后的晚上，因为忘了一件东西
要返回某地去取。突然
我就在出租车上了。
街道宽阔无人，车辆疾驶
灌进车窗的风呼呼地吹着我
在那动荡中有一种深刻的平静。
拿上东西，我坐同一辆出租车返回
自由的感觉仍未消失，就在我们因往返
而遗忘的两地之间。

2018. 10. 12

悼念

有一条路是从家到医院到殡仪馆到不知所踪
他们说是从安适到病苦到抗拒到解脱。
这是一条直路就像一意孤行
他们说是轮回你会回到原来的地方。
当你离家时我们全都在这儿
而当你归来所有的人都已经相继远行。

有一条路是从家到楼顶到地面到殡仪馆到不知所踪
他们说是从痛苦到挣扎到终于解脱。
这是一条断头路你一意孤行
他们说就像轮回你会一次次回到楼顶。
当你在那儿时我们全都不在
而当你飞翔时所有的人都在下面爬行。

“到处都是离开家的路”*——死者写道
但没有任何一条路可以带你们回来。

2018. 11. 7

* 出自外外的诗作《来去之间》。

又回到了医院附近

我们又回到了医院附近
回到了安静的雨夜小巷。
没有人可以走出去很远
也不会有人前来
即使是垂危的病人也是属于我的。

我们沿着那道围墙又绕了一圈。
这周边有我们刚建立的日常生活
下决心在这儿待下去，但现在
仅仅是一种纪念。

饭馆关门打烊
旅店已经熄灯
医院里照旧有人死去
但已不再是我的亲人了。

我们就像雨水来到这里
黑夜来到这里，不分彼此
近乎空无的伤感。
黑色的路面上有一枚亮亮的石子
宝石一样，瞬间消失又在别处闪烁。

2018. 11. 26

看雾的女人

她立在窗边看雾
什么也看不见
于是就一动不动，使劲地看。
而我看着她，努力去想
这里面的缘由。

远处大厦的灯光从微弱到彻底消失
难道她要看的就是这些？
当窗户像被从外面拉上了窗帘
她也没有离开
背对没有开灯的房间
也许有影子落在那片白亮的雾上。

她看得很兴奋，甚至颤抖
很难相信这是一个刚刚失去慈父的女人。
大约只有雾知道。

2018. 11. 27

风景生动

老爷爷坐在马路边乘凉
自带小马扎、一瓶热水
收音机里在播放流行歌曲。
你说老爷爷挺时髦的
我说他挺奇怪的。果然
后来来了一个老太
坐在花坛上和老爷爷聊天
一面择带绿叶子的菜。

我们每天经过这个十字路口
路灯高照，渣土车轰轰隆隆
流行歌曲响彻每条巷口
在巷子深处都能听见。
为躲避老太，或者为显示他的男子气概
老爷爷几乎坐到了马路中间。

他当然不是被轧死的
但也许是病死的
（如果他的消失是死了）。
老太的消失是因为老爷爷
他再也不来了
所以她也不来了。
老太去跳广场舞了。

她就是从广场舞的方向而来的
在公厕那一带，又黑又臭。
不像老爷爷那会儿正孤绝地坐在十字路口上
一片光明，风景生动。

我们被老爷爷的潇洒吸引
更何况那个能活到九十八的老太
今年才六十多岁。

2018. 12. 11

死　神

我想起他的眼睛，使劲瞪着
也许没有瞪但睁得很圆。
面色红润，像上了油彩
说话的声线也有变化。
似乎他从来没有这么精神过
无论病前还是病后。
有某种期待是陌生的，我说不上来。
他向我们展示走路、弯腰
手扶住病床栏杆转脚脖子
左转一下右转一下。
他的所作所为甚至可以称之为轻佻。
病房里笼罩着一片黄铜色的光
这个人几乎没有影子。
他是我岳父，但说到那会儿
我只能称其为“这个人”。
三天后我们收到噩耗
我又想起那片黄色的光
和医院外面下午的阳光无缝对接。

2018. 12. 12

失　眠

有时，你无缘无故地失眠
不是为了一句诗，也不是为了某个人。
心中无事，以为可以睡一个好觉
但突然就醒了。你闭着眼睛把自己关在里面
睡眠所需的空间不是一个房间或者一张床
而是身体伸展或扭曲构成的黑暗。
你悬浮在那里，只有睡着了才会降落。
不是一个梦，也不是现实
只是一个空洞需要填补。
你的生活在此处豁开
失眠让其绽放—— 一朵黑色的无影之花。
一个大蘑菇。

2018. 12. 12

工作室

这个地方在城市边缘，非常偏僻
到达时，街灯把林荫小路映得雪亮。
又静又亮。我的工作室就在这儿
但我不会工作到黎明。
我只是很偶然地来到了这里——
像某人的故居，和树林后面的江流
一样永恒。

仅仅是把影子映在那面白墙上
就足够幸运，更何况一道铁门
正为我徐徐移开。
我不想进到那个幽深芬芳的院子里
为时尚早。
让我在外面站一会儿或走一会儿
走一会儿再站一会儿。

2018. 12. 15

刘亮程

1962年出生在新疆古尔班通古特沙漠边缘的一个小村庄。2013年入住木垒，创建菜籽沟艺术家村落及木垒书院，任院长。著有诗集《晒晒黄沙梁的太阳》，散文集《一个人的村庄》《在新疆》，长篇小说《虚土》《凿空》《捎话》等，有多篇文章收入全国中学、大学语文课本。获第六届鲁迅文学奖。

有一年

那年地震　房子晃动了几次
村里人便都忘了　留麦种子
第二年土地长满荒草
我们去河那边的村庄找亲戚
回来时村里人全走光了
留下狗和空屋
我们一家家敲门
背着讨来的半袋种子

又一年离乡的人回来
一个个风尘仆仆蹲在门口
他们都进不了家
他们把钥匙丢在逃荒路上
那一年我们长大成人
向他们讲家里的事情
许多人哭了
他们都没想到
前几个秋天洒落的种子
在他们背井离乡后　一下子发芽
遍滩遍野长满粮食
人们远远闻到五谷的香味往回赶

那一年　没有人赶上收获季节

村里人只把自己
从异乡收回来

小　村

小村坐在路上　我走来之前
许多人和事情经过小村
所以它见得多了
我也一样　想闭着眼躺躺
雨这时候就来了
像是下给一个人的
却落在许多人身上

许多人远离小村正走在路上
雨中小村是另一种景象
路走完了会有人回头想想
这场雨的确与路人无关
他们敞背露胸
也无一滴落进生命

几十幢土屋的小村空无一人
雨在路上润一个人的心情
麦田无穷无尽浮想哪一年光景
一生里或许有一次好收成安抚一生
下一个秋天离小村太远了
开始我只想停下来看看
后来驮不动自己了
就背靠土墙想一个人一些事情

我知道小村就是一个人的一生
一个人　始终在他一生的某个角落打盹
人们找不到他　几十里外全是梦境

一个夜晚

你和孩子都睡着了
妻　这个夜里
我听见我们的旧院门
被风刮开
外面很不安静
我们的老黄狗
在远远的路上叫了两声
我从你身边爬起来
去关那扇院门

我们的院子
有一辆摔破的老马车
和　一些去年的干草
矮矮的土院墙围在四周
每天进来出去
我们都要把院门关好
用一根歪木棍牢牢顶住
我们一直活得小心翼翼
没有更多东西
放在院子

妻　这个夜里
若你一个人醒来

听见外面很粗很粗的风声
那一定是我们的旧院门
挡住了什么
风在夜里刮得很费劲
这种夜晚你不要一个人睡醒

第二天早晨我们一块儿出来
看刮得干干净净的院子
一些远处的树叶
落在窗台上
你和女儿高兴地去捡

一生的麦地

有人走过你一生的麦地
面影模糊　似你曾见过的某人
又像不是　早年的矮草棚里
一条白狗含含糊糊
梦见你的脊背爬满绿虫
醒来它的狗皮不见了
大片黄熟的麦子洒落在地
没有人收割
生命是越摊越薄的麦垛
生命是一次解散
有人走过你的一生没遇到你

老鼠偷食你剩下的日子
一群红蚂蚁　打算用五年时间
搬空你后墙根的沙土
你得走了　村里有许多人卧病不起
许多人开始感到家不在这里
他们被自己的狗咬伤
在麦子快长熟时发现
种子错洒在别人地里
自己的那片荒在野外
一个早晨你醒来
四周全成空房子

人们在远迁的另一个村庄
注销你的名姓地址
而你还惦念着他们
扔下一生的麦地去远方寻问

年代那头的破墙下面
一个很像你的人
正结算你一生的收成
你要顺路去看看　离他不远
另一些人表情麻木
大捆大捆的麦子扔进火堆

寂静家园

我看见你们走过家门
不知几更了　我看见你们
在稀稀的星光下边走边朝后望

大哥　我跟在你们身后
一个人回到家中
站在寂静的院子里
望着我们的家门
在夜色里静静敞开
房子黑黑的我不敢进去
大哥　我隔着矮院墙喊你们
我费了很大劲喊不出一点声音
你们走在不远的星光下
偶尔回头朝家里望望
我喊急了　跑出院子
拼命向你们打手势
你们中间的一个看见了
转身朝家里跑来
院子里忽然响动起来
你们跑到院门口时
夜色比刚才暗了
大哥　我好像听见你问我
家里出什么事了

我的嘴在黑暗中大张了几下
仍旧没一点声音
这时夜色更显得暗了
我看见你们在院门外不安地走动
身影模糊不清
我一下害怕起来
转身跑进漆黑的家中
顶好房门
在土炕的一个角上悄悄睡下

过了好一会儿
我听见你们走路和说话的声音
离家越来越远

太阳偏西

谁收起农具
好像早早干完一辈子的事情
回到家里　谁这时候锁门出去
午后的光景仿佛
谁的后半世
谁最后被远处隐约的田埂拦住
夕阳斜照的庄稼地里
一个人猛然站起
高出庄稼半截子
谁蹲久了也来这么一下

走路和劳动的人
已经没多少力气
谁还要再干一阵子
谁知道自己要种多少年地
收成才能够吃一辈子
谁望着满眼葱郁的青禾
发觉先长老的竟是自己
天黑透了谁收工回去
木桌上简单的晚饭凉如往事
一样农活死死缠住谁
谁在以往的坦途中慢慢感觉到时间坡度
走过千次的坎儿竟一次也走不过去

日子好好的　衣食足足的谁不行了
满坡满梁的黄花为谁开遍四季不结一粒籽

离村庄很远的麦地
总在寂寞中熬黄叶子
该熟的时候它们自然就熟了
谁睡在家里推算收获日期

我们黄土高筑的村庄是
另一片作物　此刻静静生长影子
水一样的光阴环田绕户

一把铁锨插在田间

可能干活人被另一件事
唤回村子
可能有些活　干到最后看不清楚
一条土路穿过他们的地
占去不少亩　我走过时看见
插在田间的一把铁锨　木柄已腐

遍地庄稼矮矮的
像一片模糊的陈年低语
我在路上辨不出季节向谁暖去
多少年一种颜色的旧叶子
装饰作物　我在路上遇见它们
一片片黄熟或者泛绿
在这些地里　可能多挖一锨少挖一锨
终究是一回事
有些活不干也就没有了
干起来一辈子干不完

田野那头
一村庄人炊饮生育劳动
我在两三里外　看不出一点动静
土路上静静地　像是多少年无人走动
此刻未返回田间的那人

可能深坐家中　隐藏磨短磨钝的一生
插在田间的一把铁锨
使劳动显得深远而静

王 五

王五好几年前就把自己的活干完了
王五种几十年地自己没留下种子
王五把活干完时
钱也就花完了
口粮也就吃完了
衣衫破烂的王五
像是从旧社会里来的
没人知道他这些年都吃些什么

每天太阳照村里人时
顺便照王五一下
王五就很快活地活到天黑了
天黑之后
王五随便在哪个墙根一躺
就很踏实地睡到天亮了

我们都说
活到王五这个地步
也就没啥活头了
王五没有选一堵墙碰死
也没有找一棵歪脖子树吊死
王五活着
就肯定有一些我们不知道的

活头和意思
很深刻地存在着

王五是渐渐离开村庄的
有几年听不见王五说话了
再后来听不到有人说起王五了
我们确实有很多年
不注意王五这个人了
王五走的时候
也没给我们打一声招呼

王老爷子

秋天的下午　王老爷子
人全下了地　我看见你的榆木拐棍
绕过麦地　独自往荒凉处走
我怎么也追不上　就回来喊你

秋天的下午　一村庄人的岁数
高不过任何一株草一棵作物

正是秋天的下午　王老爷子
熟悉的人都还在世
熬到又一茬庄稼长熟
你这早行的人　把日子推迟到秋季
非要带着粮食上路

秋天的下午
我们把你抬到沙梁上
把你横起来　脚蹬西天
你就扔掉拐棍一步一步朝天上走
我们一声一声朝天上喊
你不答应　那声音便从天上返回来喊我们

秋天的下午　我们割倒的庄稼全站起来
浩浩荡荡朝你去的地方走

我们怎么也追不上　我们送走你回来
地里的粮食全都跑光

一些黄昏

像其他有家的人一样
我自己盖房子住下
在一些黄昏看匆忙的赶路人
自门前经过
而后我和女儿　穿过土路
到不远的田边散步
我的女儿这时还小　否则
我会讲给她许多经历过的事情
记得多年前父亲带我出远门
一路真寂寞
父亲似乎一直在闷头赶路
偶尔扭头看看我
那表情像我看我的女儿时一样
不知该说什么
在我一天天长大时
父亲渐渐地老了
有时我搀着他回家
就像多年前他扶我学步
现在我也是孩子的父亲了
我们在父亲种过的田边散步
想到一茬茬的庄稼
太阳又落山了
这和昨天和多年前没有两样

遥远的黄沙梁

在遥远的黄沙梁
睡一百年也不会　有人喊醒你
鸡鸣是寂静的一部分
马在马的梦中奔跑
牛群骨架松散走在风中
等你的人　在约好年成
一季一季　等来三十岁的自己
等来五十岁的自己
道路尽头一片荒芜

有时你睁开眼睛
天还没亮
或许天亮过多少次
又重新黑了　炕头等你的鞋
被梦游人穿走　经历曲折异常
他在另一个村庄被狗咬醒
名字和家产全忘在异乡

而你睡醒的梁上
一棵树梦见它百年前的落叶
还在风中飘荡　漫天黄沙向谁飞扬
离家多年的人　把一生的路走黑
回到村庄　内心的阴暗深似粮仓

在遥远的黄沙梁
人们走着走着便睡着了
活着活着便远离了家乡
房子一间间空在路旁
多少年　家还是从前模样
你一个人从梦中回来
看见田野收拾干净　草高高垛起
播种和收获都已经结束
爱你的人　睡在另一个人身旁
儿女一炕　从村南到村北
只有你寂寥的心被风刮响
梦里用旧的一把锨扛在肩上
没意思地游逛
像件旧布衣被忘在另一世上

给你梦想的地方
给你留下墓地的遥远村庄
有人一夜一夜　扫起遍地月光
堆成山一样
高过沙梁
有人吃饱了没事
头枕土块在长夜中冥想
一颗扁瓜熟透在肩上

草莽中的一颗瓜　被人遗忘
才熟透彻　也跟没熟过一样

在遥远的黄沙梁睡着
你的寂寞便变成
无边永远的寂静了

晒晒黄沙梁的太阳

一个人
在黄沙梁出生长大
种几十年地
最后老死
埋在沙梁上
这是很平常的
也没什么不好

一个人
即使离开黄沙梁
在外面享够了福
老了他也想回来
傍晚时靠着土墙
卷一根莫合烟
晒晒黄沙梁的太阳

一个人
要是真的离开了黄沙梁
可能想法就会不一样

一个人的村庄

有时我走到自己的远地
看看无法守住的辽阔一世
沙子啊　草啊
葱郁之后一切葱郁皆是荒芜
我一生的边缘上
陌生的炊烟四处飘起

更多年月我守在村里
一个人的村庄空空寂寂
人去了哪里　我关死所有的门
在每间房子　点一盏油灯
我加满灯油　它们亮到哪一年算哪一年
反正　我再不去管它们

总觉得有一天会有人
走进那些空房子
依次地打开门
把亮着的油灯一盏盏吹灭
我坐在最后一间房子里
听开门的声音渐渐逼近

另外一天　又有一个人
走进荒野上漆黑的村子

打开每一扇门
把那些房间里的油灯一一点亮

那时我正在哪一条荒远的路上
蓦然回望　衣裳和帽子全都晒黄

家

又一年了　你回到家里
村庄静静落满尘土
家里人都出去找你了
房子空空的　又一年
你出去找他们
家里人从另一条路上失望地回来
地里仍没有多少粮食

一封一封家书在背后追赶你
一年一年　你远在歧路
留在家乡的姐妹
一季季错过生育年纪
岁月荒荒芜芜

有几个年头你感觉
离家很近了
路上密密麻麻长满粮食
人们走不过去
只好停下来等一个秋天
这个秋天以外的其他季节
就没有人等了
你在那时候回到家里
看见门锁着

落叶陈积遍地
几代人相继去世

远　地

在远地
我一个人度过长夜
看见天无边无际地亮了
巨大而纷繁的季节
正从我简单低矮的草棚旁经过

多少年来我独自在远处干活
哼着无字的歌
守一茬茬的麦子长熟
我等着人们来收割
我并不知道
人们早已把这块地忘了

我依旧像往常一样
早晨醒来　看见遍野的花
如约而开　或者凋谢
这些相交多年的事物
总是静静围在身旁
使我不再期待什么

来世之路

——夜班车伊宁—沙湾

1

永远不动的云朵下
人一页页飘逝
泥屋斜筑的村头是
一处永恒场景
记住它　就记住了来世

2

对于你们　这个时辰可能还早
那天我一回头　伊犁街上的草老深了
天色黄昏　长途车
到处招喊着要转世的人

草一样长荒长野的人
没有名字的人
此一趟车只运走　你们匆忙的腿
手和空空衣饰
此一趟车天黑前悄然上路

载运你们身体的彼一趟车

去了世界的另一地
载运你们心肺的那辆车
中途颠簸

你们来世注定是孤独的
你们行动　意义在世界的另一地
你们爱　找不到器物

3

往前爬啊　黑暗的精子
谁兴奋播撒的千万粒中的一粒
最后的一粒

我终生赶去的阴森之域
没有卵子

4

午夜　车过三台
两个陌生人下车

漆黑的脸更陌生了
有孤狼嚎　有冥界的匠人
在乱坟岗挑选骨头
埋在人间永不腐败的骨头
可做脊梁的骨头

仓皇来世的人流中
这种骨头稀少了

5

你说让我过河　你是谁
你说水不深别脱裤子
我踩着河底死亡的大树
我以为岸会很高的

比水还低的房子
你没说是谁的家　我一眼就认出了
比水还低的房子
拴在门口的黑狗成一堆灰了
比水还低的房子

6

我的腿在梦中
跑老了　一个人的梦比他
一世的功名还沉　一个人梦中赶车
一个人在梦中被车追赶
一个人恍睡恍醒间　车过了站
离家越来越远

一个人半夜醒来
发觉车朝回去的方向反走
一个湾又一个湾

7

我朝地深处走
拨开密密麻麻的根
在埋得很深的石头上
我看见先人　正和谁下棋
我是被吃掉的一个子
倒在对手一边　默默观阵

有时也抬起头
看看祖先脸上的表情

冯四爹说　一个思想深刻的人
死后应当暴尸荒野
应当砸开他的骨头看看

我想过多少深远大事
我一生的思想远不及
人们埋葬我的深度

8

忽然觉得　这地方那么熟悉
那些穿布褂的人
停住不动的车　尘土
路两旁兄弟般紧挨着的大小饭铺
掌勺的师傅笑问我　你来了
从他熟悉的眼神中我知道
我曾来过多少次

就在附近的一间房子里
我肯定生活过多少年　娶妻荫子
我记住这地方的名字　清水河
我将回到漫长世间　审问自己

9

一直走去　我会遇见
前世漏割的三五株玉米
沙包背后　黄土涌门的土屋里
爱过的女人　还怀孕着我的孩子
前世我栽歪的一棵树
仍旧歪长在村里

你们平静的空气里突然
多了一个人的呼吸
烫土没膝的土路上出现
陌生人的脚步　他奇怪的走法仿佛
久未来人世

在你们谈论收成
憧憬美好前景的时候

走完你们一生的那个人
就坐在中间　一声不吭

10

天黑黑　一车人下来撒尿
一回头车不见了

卸在无穷荒野中的一车人
陌生的一车人
忘掉各自的地址　我们
找一条共同之径　忘掉家
亲人的名字
我们在荒野上相爱　繁衍子孙
冥冥中的了孙
会沿那条亘古不变的荒路
找到我们

11

久远年月的我　瘦弱贫穷

卖掉五十岁以后的所有早晨
马厩和马厩上面的天空
那时候业已陈旧
还有更陈旧的生死离散　还有爱情

我把剩下的黄昏带到路上
名字扔进草中
当我不呼吸了　我还会卖掉
本该由我呼吸的一缕空气
从每个春天的阳光中
抽掉照我的那一份

12

隔了多少年那道菜终于凉了
多少年后这瓶酒　再没有味道
爱过的人剩下一垛年龄

多么荒凉的一顿饭
在这路边黑暗的泥土小店
最终我消化不掉的

你的名字　你的漂泊世间的身体
我爱过的地方　在另一世我还会清楚地想起

13

你是谁　让我耗尽一生积蓄
在这个世界的荒凉车站　等你
你是谁　这么晚上路

我守候的站台黄沙起伏
百年的树木一堆堆　腐朽成灰
还像生前的样子　你别碰它们
无边荒寂中有一架孤椅
所有道路深埋沙子
所有的车马深埋沙子
我们豪华的婚房深埋沙子
你走来时　千万轻点
我为你强撑百年的枯骨
一听见脚步声就塌了
一闻见你的呼吸便风化成土

14

黑暗旅途中我一个人的天
悄然亮了　我醒来
车刚好到沙湾　不知是哪年
街道清静　早起的行人容貌陌生
朝着路灯渐灭的尽头走
看见杂货铺的牌子
看见园艺场大桥
看见抱柴生早火的五婶
看见认识我的　一头灰驴

恍惚觉得我已经来到人世

1993

江一郎

原名江健，1962 年 12 月生于浙江台州，2018 年 2 月 5 日辞世。著有诗集《风中的灯笼》、《白银书》（合集）、《山地书》、《我本孤傲之人》等。2000 年参加第 16 届青春诗会。2003 年获首届华文青年诗人奖。2009 年获诗刊社“新世纪十佳青年诗人”称号。2014 年获《人民文学》年度诗歌奖。

芦花还在飘，没完没了

有时，雪停了，芦花还在飘，没完没了
白茫茫的芦花没完没了
漫无边际地飘

而在河对岸，一样散落着低矮的村庄
有时，风将芦花带过去
点点无声无息

像碎雪一样无声无息
像薄霜一样无声无息
像进入我们体内，难以剔除的贫苦
一样无声无息

就这样飘啊，飘过冬日的土地
不肯随那滔滔流水
在冷风里消逝

秋天的一份赞美词

远方空茫，灰白的屋顶笼着寒烟
半空一片落叶，恰似秋天
一只下滑的脚

什么都将消逝
但我爱远去的春天，绿色的林木
爱这城市和乡村的面貌
爱一只烂苹果最后的光

我爱四处漏风的破茅屋
爱从前浪漫的时光，像头发白了
爱故乡积雪的山坡
将我送入永恒的沉寂

陷于秋风之下的大地
我爱你丰收后的贫穷，爱你
粮仓前遗落的一支稻穗
我深深爱你，并愿意
与你一起衰亡

秋 野

火车停下的时候，下去几个衣衫褴褛者
在这个小站，低垂的天空下
并没有什么村落
等我再次抬头
他们已经消失在泛白的秋野
大风吹起的衰草中

弯腰锄草的女人

春天临近，田野上，风依然那么阴冷
而那个在地里弯腰锄草的女人
看上去像稻草人
有些笨拙，又仿佛
随时被风吹倒
可能老了吧
现在，我看见她拄着锄把
站在垄沟喘息
她的头，埋在胸前
垂落的几丝白发
在风中闪光
她在喘息
一只手，在腰间轻轻捶着
应该是我伸出的一只手
在轻轻捶着啊
那个在地里弯腰锄草的女人
如果不是我的母亲
一定是你的母亲
或他的母亲

瞎婆婆

看见瞎婆婆坐在村口樟树下
远远地，我喊一声，阿婆
树荫里的瞎婆婆侧着头
好一会才说
是你么，小顺
我紧走几步，又喊一声，阿婆
瞎婆婆有些迟疑
嘎子，是嘎子么
到跟前了，我再喊
阿婆，阿婆
这时，瞎婆婆笑了
她颤巍巍站起来
一双树皮的手
摸着我的脸
是你呀，一郎
一郎，是你回来了
然后，瞎婆婆回过头
用空洞的，没牙的嘴
朝村里叫喊
玉英，玉英，玉英哪
你儿子回来喽

老　了

老了，牙齿没了
没牙的糟老头和没牙的老婆婆
让我们走吧，到乡下去
在有山有水的乡下，买块好地
种什么都行
什么都种不动了，让它荒着
草愿长多高就多高
花愿开多野就多野
这是我们的地
老了，走不动了
去溪边坐坐吧
流水叮咚，多少美好的人与事
就这样被它带走
要是你有点伤感
我陪着一起伤感
要是你怀念初恋
我们相拥着怀念初恋
用没牙的嘴再一次亲吻
老了，都老了
天上的风吹去流云
像吹去从前的欲望
暮色徐徐降临，亲爱的老婆子
我要挨着你睡了

如果死了，你不要摇着我的尸体
哭到太阳升起
将我埋了吧，埋在
自己的地里，并恳请
土地将你也收去
我们一生热爱土地
死了，就让我们的白骨
赤裸裸地搂着
一万年，还爱着

母亲在哭

夜半时分，我被一阵哭声惊醒
是母亲在暗中哭
她捂着被子偷偷地哭
像破棉絮，哭声丝丝缕缕

仿佛很远
从无底的黑暗摇上来，却很近
这是同一片屋顶下
我的母亲在哭

她捂着被子偷偷地哭
她堵着嘴巴用鼻子哭
为何又像一把锯子锯我
这漫长的冬夜啊
谁锯裂了我的心，将我痛醒

谁哭出了我的泪
在枕上无声地奔流
但我不敢喊出声音
我怕内心的悲痛，漏出齿缝
甚至怕我的泪水轰响着
冲垮我的母亲

母亲在哭，我的泪水像暗河一样汹涌

一个不存在的人

一年秋天，母亲突发高烧，神志不清
住进医院的那天夜里，突然
急切地喊着一个人的名字
我敢肯定，她在昏睡中
喊出的，是一个男人
那么多年，这个名字
我从未听她提及
这是一个怎样的男人
母亲的少女时代，是否
有过别样的爱情
我一无所知
醒来，我没有问
那男人是谁
后来，我也再没听她喊过
仿佛那夜，她仅仅做了
一个怪诞的梦
在怪诞的梦中，遇见
一个不存在的人

遗　言

儿子，你的父亲或许不算什么好人
但绝非一个坏人
这辈子，做了一些细碎的小事
从没干过惊天动地的大事
因此，既不能流芳百世
也不会遗臭万年
年轻时，有过几个恋人
惹你母亲伤心
如今，她们也老了
父亲死后，你去看看她们
告诉这些老婆子
我至死挂念她们
儿子，你的父亲曾经志向远大
为什么变成俗人
因为有你，和你的母亲
不愿再离开这个小镇
一生就这么过去了
父亲一点不后悔
活着，父亲不曾欠过谁
唯一的债权人是你母亲
我欠她，无力还清了
你要好好疼她
否则，父亲在地下

撑着白骨爬起
半夜回家揍你
儿子，你要听母亲的话
有时，像哄小女孩一样哄她
她太孤单了
如果你能做到
擦干泪水，点点头吧
这样，我就可以瞑目了

深 爱

有人问我，假如可能，是否
愿意回到母亲体内
被她再次生育
如此矫情且荒诞的话题
之前从未想过
但想起母亲衰败的容颜
想起我，也年事渐高
还在四方游走
我有些愧疚
如果真的能变成婴儿，我很愿意
借此，换回她丰乳肥臀
也换回漫长的时光
终日陪在跟前，细数纯绵的光线
变凉、变黑，在她额头
慢慢织出皱纹
在这个空阔的世界，除了母亲
我深爱的另一个女人
是我妻子，已经爱到乌发成灰
爱到彼此无秘密
她比我年轻，我曾经说过
我要死在她前面，她要有
足够的耐心与力量
埋我，而她至今像小女孩那样天真

依偎着，抓我的臂膀
仿佛一松手，我便离她而去
有时，想到真有那么一天
她将孤自活着
内心，又不无悲凉

十一行诗

旁人以为我悠闲、自在，热爱
伟大而又沉默的大自然
殊不知，老之将至，破败的身体
已然时光里一座废墟
我没有大情怀
只有小悲怆
不得已，在老家这片残山剩水
终日，听斑鸠唤雨
清冷的鸣声里，以梦游替代风的行旅
以虚无，和遥不可及
抵达乌有之乡

有三棵槐树的山坡

此处埋我甚好，三棵槐树临渊而立
脚下古老的河谷，轻云浮荡
遮蔽流逝的时光
但能静静守望，夕光归隐
如果我还有留恋与眷顾
年年春暮，朵朵飘落的槐花
带我回到爱过的家园
我所心疼的亲人
风中晃闪身影
被我看见，只是槐花苍白的唇
再不能将他们呼唤
而在槐树身后，大片灌木、冷杉
阳光下如此肃穆
肃穆到悲郁
更远处，一只鹰盘旋
它是天堂守门人
偶尔飞至，我却无忧地安眠
不理会它孤傲的眼神
有我生前相似的
茫然，和倦怠

当我变成一撮灰……

请将我葬在向阳的草坡
当我变成一撮灰

别给我一座高大的坟墓，死后
我不需要避雨的房屋
也不要黑色的碑石
阳光下闪着阴冷的光
在开花的草坡
这些太沉重
沉重到让人害怕

亲人啊，你们只要掘开坡上一片土
将我浅浅埋下
然后让草更嫩绿地生长
仿佛这片春天的草坡
从来就不曾被掘开
或埋下什么

如果一对幸福的恋人
依偎着坐下，就像布谷鸟
呵，他们不会想到
从前一个叫江一郎的诗人
就葬在这里

正贴着草根，细听世上
最美丽的悄悄话

沿河散步

夏夜里，我常常沿河而走，慢慢走向郊野
河水流淌，草木在风里摇晃
如果周遭无人，有时，会裸身下河
清凉的水下，我仿佛长出鱼尾
而细浪间片片月光
在轻轻歌唱
空阔的大河，寂静的乡夜
一切恍若梦中
游出很远，累了，才爬至河堤往回走
天黑透了，没有谁看见我
裸身在河堤散步
不远处，麦地绵延
村落难辨灯火
后来，我穿戴整齐回到城内
燥热的身体已经凉了
头发也被夜风吹干

我本孤傲之人

那日下午，独自一人坐于路边发呆
一个孩子走过，又回到我跟前
掏出一枚硬币给我，愕然
之余，想起自己头发蓬乱，长须灰白
神情，也如此落寞
不由悲从中来
但我并不觉得那是一种羞辱
只是往日里，我极力修补
生活，依旧漏洞百出
却从不曾接受一个孩子施舍
我将硬币抓在手里，不忘
对他说声谢谢
而当我细细打量，更大的
悲凉刹那涌遍全身
忍不住一阵战栗
跟前的孩子，衣衫褴褛，脸蛋肮脏
居然是个可怜的小乞丐
望着他善良的眼睛
我不能不相信
自己，原本就是一位潦倒的
乞讨者，苟活人间

幸 福

幸福太巨大了，我背不动
我愿意像叶子，幸福
是一片叶子在春夜轻轻飘动
愿意像飞鸟，幸福
是一只飞鸟在暮色中
飞向绿树的乡村

给我一群如花的儿女
那么多儿女深深爱我
哎，这样的福气我哪配拥有
我的幸福是一个妻子
为我生一个儿子的幸福
若有第二个女人爱我
幸福就太巨大了，我背不动

给我满天阳光，那也奢侈了
一起给我云朵，闪电和风雪
幸福不是空荡荡的天空
幸福是车把，握着它
才不会在路上摔下

是呀，我对幸福的理解多么狭窄
生活中我固然贫穷

但一个贫穷的诗人
没有一颗贫穷的心
我的心就像大地上长出来的
一枝小小花朵
幸福的露水和阳光
不要太多

一个秋日的午后

阳光很静，低矮地落在谁家
断墙边，我突然停住脚步
不因为墙内那棵挂满柿子的柿树
也不因为飘溢的，兰草清香
而是乌瓦檐下，一个很白的妇人
仰躺在一张睡椅上
风掀起她的裙摆
迷离的光线，这个陌生的睡美人
仿佛不在酣眠
她只是躺在一个少年的梦里
在我的呼吸中起伏
我有些慌乱，悄悄走开，远了
身上那难耐的燥热
才被凉风吹散

一群蜜蜂

一样蜜蜂掠过头顶，像阳光的机群
运载着花开的声音

瓦蓝瓦蓝的天空下
金黄的机翼如此轻盈，又仿佛承受不住
花开的重量

轰鸣着，扑向桃林
我看见羞答答的桃花突然亮开嗓门
差点喊聋我的耳朵

啊，多少想飞的愿望在高处飞行
为什么不带上我
追随风中流云

空空的心已经打扫干净
只要卸下成吨花粉，就变成
一颗酿蜜的心

瞧我这个糟老头，飞不远了
但一颗心在流蜜
就是春天的人

刘慧芬

在矿井口，我看见刘慧芬一直坐在那儿
天刚亮，男人就下到井里去了
这是后山一个刚开掘的矿井
但已经很深，很深
初冬的风在空旷的山脚吹来吹去
刘慧芬啊，你冷吗
我只看见，她坐在矿井口
手中，紧攥着一条粗绳
那粗绳就系在男人身上
被带到黑暗底下
底下有多黑
绳子知道吗
她紧攥这条粗绳
不时，站起来
死命扯拉几下
哦，矿井太深了
底下的人听不见上面喊话
刘慧芬就用这条绳子
让男人告诉她
他还活着
还在地下，喘息着
等到暮色降临，男人浑身漆黑
鬼一样爬出井口

刘慧芬的心，才跟着绳子
从很深很深的黑暗里
被慢慢提上来

火车，驶过乡野

火车驶过乡野的时候
一群绵羊被惊动
绵羊散尽的草坡，躺着一个放羊人
他没有起身，甚至不抬抬头
唤一只走远的小羊
他的慵懒，散漫
让人有些羡慕

暮秋的边地

暮秋的边地，那个人越走越远，似乎
走在西风，与落叶之上
薄凉的影子，如同暗淡云絮
但比云絮虚幻
途中，那个人一直不曾回头
走得异常坚定，决绝
无从知晓，去往何方，天边
等待他的又是什么
我见到的，仅仅是极目之处
一个人被风吹起，吹落
行走在消失中
他已经走出自己的身体
已经将大地走成了空旷
仿佛，背后的世界
被他深深遗忘
或丢弃在，绵延不绝的
清寂的，霜白里

山村，借宿记

他搬出了一坛陈年米酒
宰杀了一只下蛋母鸡
还让他的婆娘，换了被褥
散发着新麦的气味

微醺之余，我沉沉睡去，凌晨时分渴醒
这对山里夫妻已在灶间
熬一锅小米粥
隔窗张望，群山依旧黑黝黝耸立
小片月光落在房前
疑似霜迹

工地上

在小学校旁边的工地，几个砌墙的民工
见到姑娘经过，就吹口哨
嘘，嘘，嘘嘘
其中那个黑黑的小民工
边吹口哨，边朝姑娘飞吻
夸张的动作，燃烧着野性与激情的
眼神，好像他真的抱着梦中美人
在甜蜜地亲吻
七月的阳光下，他们裸着上身
汗水与泥水不停滚落
见到美丽的姑娘
在哨声和飞吻中，恼怒地离去
他们就开怀大笑
哈，哈，啊哈哈
这些来自异乡的，粗野的民工
笑过之后，往往低着头
长时间一声不吭

三个哑巴

在车站，我看见两个哑巴送一个哑巴上车
车开动的时候，一个哑巴探出窗口
手指疾速飞动
我知道他在说话，并且
说得一定又急又快
可我听不懂说些什么
两个哑巴，一前一后追着车轮
喘息的声音很响
那喘息，与常人没有异样
车驶上城郊公路，突然拔腿狂奔
仿佛谁在它的屁股踢上一脚
车后的人就渐渐变小
在烟尘里消失
这时，车上的哑巴变得安静
只是眼眶内噙满泪水
一眨眼，一颗硕大的泪掉下了
一颗硕大的泪，掉下
发出一丝轻响

梅溪的早晨

山里，太阳总是很晚升起，仿佛
嗜睡的人迟迟醒来
但天空变蓝了
屋顶上，夜色如同蹲伏的猫
悄然跳下，隐匿于
沁凉的细草间

而在村里，那些耐不住寂寞的鸟雀
早飞上树梢，瓦檐
天边，几颗疏星淡去了
恰似昨夜留下的麦粒
被一粒粒啄尽

隔河的村庄，已经有人下地
晨光里，人影像几株老玉米
风中轻轻摇曳

这时候，谁爬上山冈，会看见山岙
大片低矮的屋顶，浮着
薄烟，分不清白雾
还是淡炊

在低处，甚至更低……

在低处，甚至更低，我见到草
被日光照耀，或陷入什么也照不到的地方
一簇簇那么卑贱，而又
沉默地绿着

在低处，甚至更低，我见到泥巴
这些丑陋的阴冷的
被踩在脚底，永远被踩着，更糟的
与垃圾埋在一起

在低处，甚至更低，我见到蚂蚁
这世上，谁在乎一只蚂蚁
如此弱小，如此不起眼
在大地最低处，活着无人理睬
死去，有谁痛惜

在低处，甚至更低，多少庸常的事物
被我看见，又常常被我漠然地
遗忘在生活的角落里

在辽阔的秋风里

深秋了，视野显得异常空阔，大片大片
被收割的土地，在晴朗的天空下
绵延不绝，一望无际
而喜欢登高望远的人
站在山巅，望见浮云聚散，望见
迟迟迁徙的雁群
掠过栗树林上空
他们站在山巅，目送雁群落叶般消亡
心中有向往，也有惆怅
这时候，如果山脚公路有人在走
慢慢走向远方，他们会以为
那是一只离群的孤雁
被最后吹起的秋风，遗弃在
冷寂，渐浓的霜色里

迟　暮

暮色已经笼罩田野，那些秋后的
稻垛，慢悠悠赶回的空车
以及田边低伏的灌木
慢慢隐而不见

连上空那群乌鸦，也慢慢隐而不见
如同被落日溅起的土粒
又被风击落

在黑黝黝的田野那边，我看见
一条通往县城的公路
最后一辆笨重的班车
摇晃着，开来

车后，还有几个赶路人
像深秋的木叶
无声地飘过

午夜的乡村公路

在午夜，乡村公路异常清冷
月亮的光在黑暗的沙粒上滚动
偶尔一辆夜行货车
不出声地掠过
速度惊起草丛萤火
像流星，掉进更深的夜色
这时，有人还乡，沿乡村公路
沉默着走到天亮
也有醒着的村庄，目送出门的人
趁夜凉似水
走向灯火熄灭的远处

傍晚之诗

是的，我一样喜爱傍晚，喜爱天边落日
我喜爱落日里的群山，田野
和田野两边的村落
凄迷的斜照中，炊烟飘摇
凉风从树梢掠过
我喜爱傍晚的另一个原因，是天黑的时候
小教堂的钟声响了
仿佛天堂的呼唤
落在低处
钟声响起，我见到屋檐下出来的人
沉默着向小教堂走去
悲苦的脸闪着光亮
我还看见村里那个最放荡的女子
低着头走在中间
暮色下，人们变得善良
没有谁朝她吐口水
他们一起走在暮晚的钟声里
那么相亲相爱

李亚伟

1963年出生。1982年开始现代诗创作。1984年与万夏、胡冬、马松、二毛、梁乐、胡钰、蔡利华等人创立“莽汉”诗歌流派。作为80年代最有名的地下诗人之一，他的诗歌最早多以在酒桌上朗诵的方式发表，后以一首《中文系》被传抄遍全国各大学的中文系。李亚伟在诗歌写作中表现出的卓越的语言才能和反文化意义，使他被认为是最受欢迎的诗人之一和中国后现代诗歌的重要代表诗人。

硬　汉

我们仍在看着太阳
我们仍在看着月亮
兴奋于这对冒号！
我们仍在痛打白天袭击黑夜
我们这些不安的瓶装烧酒
这群狂奔的高脚杯！
我们本来就是
腰间挂着诗篇的豪猪！

我们曾九死一生地
走出了大江东去西江月
走出中文系，用头
用牙齿走进了生活的天井，用头
用气功撞开了爱情的大门

我们曾用屈原用骈文、散文
用玫瑰、十四行诗向女人劈头盖脸打去
用不明飞行物向她们进攻
朝她们头上砸下一两个校长教授
砸下威胁砸下山盟海誓
强迫她们掏出藏得死死的爱情

我们终于骄傲地自动退学

把爸爸妈妈朝该死的课本上砸去
用悲愤消灭悲愤
用厮混超脱厮混
在白天骄傲地做人之后
便走进电影院
让银幕反过来看我们
在生活中是什么角色什么角色

我们都是教师
我们可能把语文教成数学
我们都是猎人
而被狼围猎，因此
朝自己开枪
成为一条悲壮的狼

我们都是男人
我们知道生活不过是绿棋和红棋的冲杀
生活就是太阳和月亮
就是黑人、白人和黄种人
就是矛和盾
就是女人和男人
历史就是一块抹桌布
要擦掉棋盘上的输赢

就是花猫和白猫
到了晚上都是黑猫
爱情就是骗局是麻烦是陷阱

我们知道我们比书本聪明，可我们
是那么地容易
被我们自己的名字亵渎
被女人遗忘在梦中
我们仅仅是生活的雇佣兵
是爱情的贫农
常常成为自己的情敌
我们不可靠不深沉
我们危险
我们黑质而白章，触草木尽死
我们是不明飞行物
是一封来历不明的情书
一首自己写的打油诗

我们每时每刻都把自己
想象成漂亮女人的丈夫
自认为是她们的初恋情人
是自己所在单位的领导
我们尤其相信自己就是最大的诗人

相信女朋友是被飞碟抓去的
而不是别的原因离开了我
相信原子弹掉在头上可能打起一个大包
事情就是如此
让我们走吧，伙计们！

中文系

中文系是一条撒满钩饵的大河
浅滩边，一个教授和一群讲师正在撒网
网住的鱼儿
上岸就当助教，然后
当屈原的秘书，当李白的随从
当儿童们的故事大王，然后，再去撒网

有时，一个树桩船的老太婆
来到河埠头——鲁迅的洗手处
搅起些早已沉滞的肥皂泡
让孩子们吃下。一个老头
在讲桌上爆炒野草的时候
放些失效的味精
这些要吃透《野草》的人
把鲁迅存进银行，吃他的利息

在河的上游，孔子仍在垂钓
一些教授用成绺的胡须当钓线
以孔子的名义放排钩钓无数的人
当钟声敲响教室的阶梯
阶梯和窗格荡起夕阳的水波
一尾戴眼镜的小鱼还在独自咬钩

当一个大诗人率领一伙小诗人在古代写诗
写王维写过的那些石头
一些蠢鲫鱼或一条傻白鲢
就可能在期末渔汛的尾声
挨一记考试的耳光飞跌出门外

老师说过要做伟人
就得吃伟人的剩饭背诵伟人的咳嗽
亚伟想做伟人
想和古代的伟人一起干
他每天咳着各种各样的声音从图书馆
回到寝室

一年级的学生，那些
小金鱼小鲫鱼还不太到图书馆
及茶馆酒楼去吃细菌，常停泊在教室或
老乡的身边，有时在黑桃 Q 的桌下
快活地穿梭

诗人胡玉是个老油子
就是溜冰不太在行，于是
常常踏着自己的长发溜进
女生密集的场所用鳃

唱一首关于晚风吹了澎湖湾的歌
更多的时间是和亚伟
在酒馆的石缝里吐各种气泡

二十四岁的敖歌已经
二十四年都没写诗了
可他本身就是一首诗
常在五公尺外爱一个姑娘
节假日发半价电报
由于没记住韩愈是中国人还是苏联人
敖歌悲壮地降下了一年级，他想外逃
但他害怕爬上香港的海滩会立即
被警察抓去考古汉语

万夏每天起床后的问题是
继续吃饭还是永远不再吃了
和女朋友卖完旧衣服后
脑袋常吱吱地发出喝酒的信号
他的水龙头身材里拍击着
黄河愤怒的波涛，拐弯处挂着
寻人启事和他的画夹

大伙的拜把兄弟小绵阳

花一个月读完半页书后去食堂
打饭也打炊哥
最后他却被蒋学模主编的那枚深水炸弹
击出浅水区
现已不知饿死在哪个遥远的车站

中文系就是这么的
学生们白天朝拜古人和王力和黑板
晚上就朝拜银幕或很容易地
就到街上去凤求凰兮
这显示了中文系自食其力的能力
亚伟在露水上爱过的那医专
的桃金娘被历史系的瘦猴赊去了很久
最后也还回来了亚伟
是进攻医专的元勋他拒绝谈判
医专的姑娘就有被全歼的可能医专
就有光荣地成为中文系的夫人学校的可能

诗人杨洋老是打算
和刚认识的姑娘结婚，老是
以鲨鱼的面孔游上赌饭票的牌桌
这根恶棍认识四个食堂的炊哥
却连写作课的老师至今还不认得
他曾精辟地认为纺织厂

就是电影院就是美味的火锅
火锅就是医专就是知识
知识就是书本就是女人
女人就是考试
每个男人可要及格啦

中文系就这样流着
教授们在讲义上喃喃游动
学生们找到了关键的字
就在外面画上漩涡
画上教授们可能设置的陷阱
把教授们嘀嘀咕咕吐出的气泡
在林荫道上吹到期末

教授们也骑上自己的气泡
朝下漂像手执丈八蛇矛的
辫子将军在河上巡逻
河那边他说“之”河这边说“乎”
遇着情况教授警惕地问口令：“者”
学生在暗处答道：“也”

根据校规领导命令
学生思想自由命令学生
在大小集会上不得胡说八道

校规规定教授要鼓励学生创新
成果可在酒馆里对女服务员汇报
不得污染期终卷面

中文系也学外国文学
重点学鲍狄埃学高尔基，有晚上
厕所里奔出一神色慌张的讲师
他大声喊：同学们
快撤，里面有现代派

中文系在古战场上流过
在怀抱贞洁的教授和意境深远的月亮
下边流过，河岸上奔跑着烈女
那些石洞里坐满了忠于杜甫的寡妇
和三姨太，坐满了秀才进士们的小妾

中文系从马致远的古道旁流过
以后置宾语的身份
被把字句提到生活的前面
中文系如今是流上茅盾巴金们的讲台了
中文系有时在梦中流过，缓缓地
像亚伟撒在干土上的小便像可怜的流浪着的
小绵阳身后那消逝而又起伏的脚印，它的波浪
正随毕业时的被盖卷一叠叠地远去

毕业分配

所有的东西都在夏天
被毕业分配了
哥们都把女朋友留在低年级
留在宽大的教室里读死书读她们自个儿的死信

但是我会主动和你联系，会在信中
向你谈及我的新生活、新环境及有趣的邻居
准时向你报告我的毛病已有所好转的喜讯
逢年过节
我还会给你寄上一颗狗牙齿做的假钻石
寄出山羊皮、涪陵榨菜或什么别的土特产

如果你想我得厉害
就在上古汉语的时候写封痛苦的情书
但鉴于我不爱回信的习惯
你就干脆抽空把你自己寄来
我会把你当一个凯旋的将军来迎接
我要请摄影记者来车站追拍我们历史性的会晤
我绝对不会躲着不见你
不会借故值班溜之大吉
不会向上级要求去很远的下属单位出差什么的
我要把你紧紧搂在怀里
粗声大气地痛哭，掉下大滴的眼泪在你脸上

直到你呼吸发生困难
并且逢人就大声宣布：
“瞧，我的未婚妻！这是我的老婆咧！”

你不要看到我的衣着打扮就大为吃惊
不要过久地打量我粗黑的面容和身着的狐皮背心
要尊重我帽子上的野鸡毛
不要看到我就去联想生物实验楼上的那些标本
不要闻不惯我身上的荷尔蒙味
至少不要表露出来使我大为伤感
走进我的毡房
不要撇嘴，不要捂着你那翘鼻子
不要扯下壁上的貂皮换上世界名画什么的
如果你质问我为什么不回信
我会骄傲地回答：写字那玩意
此地一点也不时兴！
你不必为我的处境搞些喟然长叹、潸然泪下之类的仪式
见了骑毛驴的酋长、族长或别的什么蛮夷
更不能怒气冲冲上前质问
不要认为是他们在迫害我
把我变成了猩猩、野猪或其它野生动物
他们是最正直的人
是我的好兄弟！

如果你感兴趣
我会教你骑马、摔跤，在绝壁上攀缘
教你如何把有夹的猎枪刺在树上射击
教你喝生水吃生肉
再教你跳摆手舞或唱哈达什么的
你和我结婚
我会高兴得死去活来
我们会迅速生下一大打小狗子、小柱子
这些威武的小家伙、小蛮夷
一下地就能穿上马靴和貂皮裤衩
成天骑着马东游西荡
他们的足迹会遍布塞外遍布世界各地
待最后一个小混蛋长大成人
我就亲自挂帅远征
并封你为压寨夫人
我们将骑着膘肥体壮的害群之马
去很远很远的地方戍边

1984. 7

给女朋友的一封信

若干年后你要找到全世界最破的
一家酒馆才能找到我
有史以来最黑的一个夜晚你要用脚踢
才能发现
不要用手摸，因为我不能伸出手来
我的手在知识界已经弄断了
我会向你递出细微的呻吟

现在我正走在诺贝尔领奖台的半路上
或者我根本不去任何领奖台
我到底去哪儿你管不着
我自己也管不着
我现在只是很累，越累就越想你
可我不知你在哪儿，你叫什么名字
你最好没名字
别人才不会把你叫去
我也不会叫你，叫人的名字没意思
在心中想想倒还可以

我倒下当然不可能倒在你身边
我不想让你瞧不起我
我要在很远的地方倒下才做出生了大病的样子
我漫无目的的流浪其实有一个目的——

我想用几条路来拥抱你
这比读一首情诗自然
比结婚轻松得多

别现在就出来找我
你会迷路走到其他男人家中
世界上的男人有些地方很像我
他们可以冒充我甚至可以做出比我更像我的样子
这很容易使心地善良的女孩上当

你完全可以等几年再来找我
等我和钢笔一起倒下的时候
你别着急，尽量别摔坏身子
别把脚碰流血了，这东西对活着的人很有用处
我会等你
地球也会停下来等你

我 们

我们的骆驼变形，队伍变假
数来数去，我们还是打架的人

穿过沙漠和溪水，去学文化
我们被蜃景反映到海边
长相一般、易于忘记和抚爱
我们被感情淹没，如今从矛盾中解决出来
幸福，关心着目的，结成伙伴
坐着马车追求

我们是年龄的花，纠结成团
彼此学习和混乱
顺着藤子延伸，被多次领导
成为群众和过来人
在沙漠上消逝、又在海边折射出来

三年前，我们调皮和订婚
乘船而来，问津生死，探讨哲学，势若破竹
我们掌握了要点，穿过雪山和恒河
到了别人的家园
我们从海上来，一定要解决房事
我们从沙漠来，一定要解决吃穿
我们从两个方面来，入境问禁，叩门请教

穿过了内心或伤口

理解、并深得要领
我们从劳动和收获两个方向来
我们从花和果实的两个方面来
通过自学，成为人民
我们的骆驼被反射到岛上
我们的舟楫被幻映到书中
成为现象，影影绰绰
互相替代，互相想象出来
一直往前走，形成逻辑
我们总结探索，向另一个方向发展
淌过小河、泥沼，上了大道
我们胸有成竹，离题万里

我们从吃和穿的两个方向来到城市
我们从好和坏的两个方面来到街上
伶俜、清瘦，见面就喊喝酒
相见恨晚，被婚姻纠集成团
又被科技分开
三年来，我们温故而知新，投身爱情
在新处消逝，又在旧中恳求
三年后，我们西出阳关，走在知识的前面

使街道拥挤、定义发生变化
想来想去，我们多了起来，我们少不下去

我们从一和二的两个方面来，带着诗集和匕首
我们一见面就被爱情减掉一个
穿过塔城，被幻影到海边
永远没有回来
我们就又从一和二两个方面来
在学习中用功，在年少时吐血
勤奋、自强而又才气绰绰
频频探讨学问和生育，以卵击石

我们从种子和果实两个方面来到农村
交换心得，互相认可
我们从卖和买两个方向来到集镇
在交换中消逝，成为珍珠
成为她的花手帕，又大步流星走在她丈夫的前面
被她初恋和回忆
车水马龙。克制。我们以貌取人

我们从表面上来
在经和纬的两种方式上遭到了突然的编织
我们投身织造，形成花纹，抬头便有爱情

穿着花哨的衣服投身革命，又遇到了领袖
我们流通，越过边境，又赚回来一个
我们即使走在街上
也是被梦做出来的，没有虚实
数来数去，都是想象中的人物
在外面行走，又刚好符合内心

1988. 11

风中的美人

活在世上，你身轻如燕
要闭着眼睛去飞一座大山
而又飞不出自己的内心
迫使遥远的海上
一头大鱼撞不破水面

你张开黑发飞来飞去，一个危险的想法
正把你想到另一个地方
你太轻啦，飞到岛上
轻得无法肯定下来

有另一个轻浮的人，在梦中一心想死
这就是我，从山上飘下平原
轻得拿不定主意

青春与光头

如果一个女子要从容貌里升起，长大后梦想飞到天上
那么，她肯定不知道个体就是死，要在妙龄时留下照片和回忆

如果我过早地看穿了自己，老是自由地进出皮肤
那么，在我最茫然的视觉里就有无数细小的孔，透过时光
在成年时能看到恍若隔世的风景，在往事的下面
透过星星明亮的小洞我只需冷冷地一瞥
也能哼出：那就是岁月！

我曾经用光头唤醒了一代人的青春
驾着火车穿过针眼开过了无数后悔的车站
无言地在香气里运输着节奏，在花朵里鸣响着汽笛
所有的乘客都是我青春的泪滴，在座号上滴向远方

现在，我看见，超过鸽子速度的鸽子，它就成了花鸽子
而穿过书页看见前面的海水太蓝，那海边的少年
就将变成一个心黑的水手
如果海水慢慢起飞，升上了天空
那少年再次放弃自己就变成了海军
如同我左手也放弃左手而紧紧握住了魂魄
如果天空被视野注视得折叠起来
新月被风吹弯，装订着平行的海浪
鱼也冷酷地放弃自己，形成了海洋的核

如果鱼也只好放弃鳃，地球就如同巨大的鲸鱼
停泊在我最浪漫的梦境旁边

河西走廊抒情（选章）

第三首

夜郎国的星芒射向古地图的西端，
历史正被一个巨大的星际指南针调校。

是否只有在做爱时死去，我们的这条命才会走神进入别的命中？
我飘浮在红尘下，看见巨大的地球从头顶缓缓飞向古代。

王二要回家，这命贱的人，这个只能活在自己命里的长工，
要回到祖先的原始基地去，唯一的可能难道只是他女人的阴道？

哎，散漫的人生，活到休时，
犹如杂乱的诗章草就——我看见就那么一刻，
人的生和死，如同一个句号向西夏国轻轻滚去。

第四首

河西走廊上的女人仍然待在自己的属相里，
她的梦中情人早已穿上西装、叼上万宝路离开了这个国家。
唐朝巨大的爪子还在她的屋顶翻阅着诗集。

做可爱的女人是你的义务，

做不可爱的女人更是你推脱不了的义务。

说远一点，珍珠和贝壳为什么要分家，难道是为了青春？
蛾、茧、蛹三人行，难道又是为了岁月？

远行的男人将被时间缩小到纸上，
如同在唐朝，他骑马离开长安走进一座深山，
如果是一幅水墨，他会在画中去拜望一座寺庙，
他将看见一株迎风的桃花，并且想起你去年的脸来。

第五首

古代的美人已然远逝，命中的情人依然没有踪影，
她们的镜子仍在河西走廊的沙丘中幽幽闪烁。
所有逝去的美人，将要逝去的美人，
都只能在阅读中露出胸脯、蹄子和口红。

当宇宙的边际渐渐发黄，古老的帝国趴在海边
　　将王氏家族的梦境伸出天外，
在人间，只有密码深深地记住了自己。

当翅膀记住自己是一只飞鸟，想要飞越短暂的生命，

我所生活的世界就会被我对生与死的无知染成黑色。

而当飞鸟想起自己是一只燕子，那么此刻，
祁连山上正在下雪，燕子正在人民公社的大门前低飞。

第六首

雪花从水星上缓缓飘向欧亚大陆交界处，
西伯利亚打开了世界最宽大的后院。
王大和王三在命里往北疾走，一直往北，
就能走进祖先的队列里，就能修改时间，就能回到邂逅之前。

历史正等着我，我沉浸在人生的酒劲中，
我有时就是王大，要骑马去甘州城里做可汗。

风儿急促，风儿往南，吹往中原，
敦煌索氏、狄道辛氏，还有陇西李家都已越过淮河，看不见背影。

我知道，古人们还常常在姓氏的基因里开会，
一些不想死的人物，在家族的血管里顺流而下，
部分人来到了今天，只是我已说不出，
我到底是这些亲戚中的哪一个。

第七首

我还没有在历史中看见我，那是因为历史走在了我前面。
回头眺望身后的世界，祁连山上下起了古代的大雪。

祁连山的雪啊，遮掩着古代祖先们在人间的信息，
季节可以遮蔽一些伟大朝代的生命迹象，时间也会屏蔽幸福！

但在史书的折页处，我们仍能打开一些庞大的梦境，
梦境中会出现命运清晰的景象，甚至还能看见我前妻的身影。
就是在今天，我还能指认：她活在世外，却也出现在别人的命中，
是塞上或江南某座桥边静静开放的那朵芍药！

当年啊，她抹着胭脂，为着做妻还是做妾去姑臧城里抓阄，
天下一会儿乱一会儿治，但她出类拔萃，成了宋词里的蝶恋花。

第八首

嘉峪关以西，春雨永远不来，燕子就永远在宋词里飞。
而如果燕子想要飞出宋朝，飞到今生今世，
它就会飞越居延海，飞进古代最远的那粒黑点。

在中国，在南方，春雨会从天上淅淅沥沥降落人间，
雨中，我想看见是何许人，把我雨滴一样降入尘世？
我怎么才能知道，现在，我是那些雨水中的哪一滴？

祖先常在一个亲戚的血管里往外弹烟灰，
祖先的妻妾们，也曾向人间的下游发送出过期的信号，
她们偶尔也会在我所爱的女人的身体里盘桓，
在她们的皮肤里搔首弄姿，往外折腾，想要出来。

第十首

翻过乌鞘岭，王大来到河西走廊，延续他家族的岁月。
他的男祖先被分成文和武，女祖先被分成治和乱，
因此在婚姻中，他的老婆们，被他分成了美和人。

如同在 1983 年，我蓄着分头戴着眼镜进入社会，
我要学习在美中发现人，在人中发现美，
但直接面对美女，我真的可能什么都看不见。

这就是男人们热爱女人，基本上是为了性的主要原因，
因为，如果死能屏蔽生，那爱就会偷换掉我们的性。

而我如果想远远地看清生死，想用古代佳丽替换当代美女，
那我年轻时所有的色情和艳遇，所有的钟情和失恋，
都是扎根于博大的理论而毫无实际指导意义。

如今，我清楚地知道，在生与死互相屏蔽的世界上，
我们所爱的女人的胸脯，应该细分，分成乳和房，

如此的生命认识，使得我今儿个多么的简朴，多么的低碳！

第十二首

焉支山顶的星星打开远方的小门，
门缝后，一双眼睛正瞧着王二进入凉州。

王二在时间的余光中瞧见了唐朝的一角。
但如果他要去唐朝找到自己，要在那片时光里拜访故人，
并且，想在故人的手心重写密码，
月亮就会重新高挂在凉州城头。

月亮就会照见一个鲜活的人物在往昔的命运里穿行。
月亮在天上，王二在地上，灯笼在书中，
却照不见他王二到底是谁，后来去了何方？

如同今夜，月亮再次升上天空，在武威城上空巡逻，
月亮照亮了街道、夜市和游客，还照见了酒醒的我，
却照不见那些曾经与我同醉的男女。

那一年，王二到了凉州，出现在谢家女子的生活里，
如同单于的灵魂偶尔经过了一句唐诗。

如同在星空之下，
李白去了杜甫的梦中。

第十三首

燕子飞过丝绸之路，
燕子看不见自己是谁，也看不见王家和谢家的屋檐。

如果燕子和春天曾被祖先的眼睛在甘州看见，那么
我在河西走廊踟蹰，在生者与死者之间不停刺探，
是否也会被一双更远的眼睛所发现？

有时我很想回头，去看清我身后的那双眸子：
它们是不是时间与空间一起玩耍的那个同心圆？
是不是来者与逝者在远方共用的那个黑点？

但谢家的寡妇在今儿晌午托来春梦，叫我打湿了内裤，
所以我想确认，如果那细眼睛的燕子飞越我的醉梦，
并在我酒醒的那一刻回头，它是否就能看见熟悉的风景
并认出写诗的我来？

第十四首

醉生梦死之中，我的青春已经换马远行。

在春梦和黄沙之后，在理想和白发之间，在黑水河的上游，
我登高望雪，我望得见东方和西方的哲学曲线，
却望不见生和死之间巨大落差的支撑点。

唉，水是用来流的，光阴也是用来虚度的，
东方和西方的世界观，同样也是用来抛弃的。
王二死于去凉州的路上，我们不知他为何而死，
当然，就是他在武威，我们也不知他为什么活着。

在嘉峪关，我看见了卫星也不能发现的超级景色：
逝者们用过的时间大门，没有留下任何科学痕迹，
从河西走廊到唐朝，其间是一扇理性和无知共用的大门，
文化和迷信一起被关在了门外。

在嘉峪关上，我看了一眼历史：
在遥远的人间，幸福相当短暂——
伟大也很平常，但我仍然侧身站立，
等着为伟大的人物让路。

第十五首

如果地球能将前朝转向未来，我仅仅只想从门缝后看清
曾经在唐朝和宋朝之间匆匆而过的那匹小小的白马。

今天，我也许很在乎祖先留给我的那些多情的密码，
也许更在乎他们那些逝去的生活，那些红颜黑发：
美臀的赵、丰乳的钱、细腰的孙和黑眼的李——
虽然她们仍然长着那些不死的记号，但我要问：
在河西走廊，谁能指出她们是游客中走过来的哪一人？

唉，花是用来开的，青春是用来浪费的，
在嘉峪关上，我朝下看了一眼生活：
伟大从来都很扯淡——幸福也相当荒唐，
但我也只能侧身站立，为性生活比我幸福的人让路。

第十七首

所有人的童年都曾在父母的家门前匆匆跑过，
我却看不见那个童年的我，
如今去了何处？

他会不会已装扮成别的生物，藏在月亮后面鸣叫？
是不是比现在的我还快活？我想知道，今儿，
他会在哪一本日记里装病、在哪一拨儿童里眺望？
又会在哪一位少女的视野中消失？

如今，我跋涉在武威和张掖之间的戈壁上，行走在时间的中途，
我骑在骆驼上，眺望祖先们用过的世界——
世界，仍然是一片漠然之下的巨大漠然。

姑臧城外，蚯蚓在路边生锈，
短须蟋蟀将头探出城墙，正在给古代的儿童拨手机。

今儿啊，又有谁的童年，正在从他父母的门缝前跑过？
他还是骑着那匹小小的白马，比兔子和乌龟加在一起跑得还快！

第十九首

如果月亮穿过书中淡黄的世界，刚好照亮了一段熟悉的日子，
如果我走进那段日子里面，想起自己曾是王二的旧友，
我也不会放下酒杯，摊开手掌将密码对照和查阅。

如果历史已远逝，未来又来得太急促，那我何须知道——
曾经的某人是否就是现在的我，现在的我又会是今后的谁？

如果我的青春也行走得太快，我还不如让它停下来，
在河西走廊的中途，让它卷起一阵儿尘埃，
或者，我还不如翻过祁连山找友人喝酒去。

如果今夜我已经走出某段光阴，出现在张掖，坐在酒桌边大醉，
那么，即使王二早已从甘州出发，在尘埃后出现，咧嘴露出笑脸，
他也只是一个陌生的游人，一个谁也不认识的酒客！

唉，今夜，在王二的醉梦中，或者，在我背后的那片夜空里，
有一只眼睛在伊斯兰堡，有一只眼睛在额尔古纳——
有人正在天上读着巨大的亚洲。

第二十二首

如今，我从人生的酒劲儿中醒来，
看见我所爱的女人，正排着队
去黄脸婆队伍里当兵。

窗外，经理们正管理着我们的今生，
指数也正要接管人类的未来，
哎，就在今天，我仍然看见一位白肤美人，
穿着制服，走在命中！
却也恍若走在世外！

光阴似箭，日月如梭。
时间一块一块飘回古代，
仿佛斑驳的羊群，正无声地涌入佛法，
所有的历史，正向着宇宙的深处轻轻地坍塌。

第二十三首

在人类的上游，河西草原上只有梦境庞大的远行者零星经过，
在那时，预言和报应还很准确，
先知、巫婆还很多，很勤奋，他们认真处理着人间的杂务。

时间还很长，长得没有边际，正在准备变成历史。
铜还在等着哲学。

那时的我和现在的我一样，最远只能看到银河系。

那时的我，不知道自己是什么样的生命，在春天
我会成为雨水在无边的人间慢慢地下，轻轻地蒸发，缓缓地飞升，
那时的我，还曾回头看了看居延海，低头看了看人生，
想看清自己没被蒸发掉的那几滴。

第二十四首

那时，做梦也是真的，第二天消息就会传来，
那时，北方的小国还在梦中吃奶，宰相还在乡下写诗。
铁还没有形成现在的逻辑，
只有水果在等着自己变得越来越可爱。

那时的我，也和现在的我一样，能到达的最近地方就是走进自己
的梦里。

在旧的地方消逝，在新的地方出现，恍若又过了一生，
人的一生也如同在梦中进出，每一次醒来背后都会有熟悉的声音。

只是，今儿个，唐朝的谢家寡妇不会再回头看我，
李白也离开杜甫的梦境，去了月亮上没被太阳照着的地方。

只是啊，今儿个，王二从历史中走了出来，
此刻正站在嘉峪关上，正远眺古代的我。
但历史越来越模糊，大地越来越清晰，
时间越来越短，短得分不开，成了黑点，成了现在。

潘　维

1964年出生于浙江湖州，多年生活于杭州，现居上海。著有诗集《潘维诗选》《水的事情》《梅花酒》等。作品被翻译为多种语言。曾获柔刚诗歌奖、天问诗人奖、两岸诗会首届桂冠诗人奖、闻一多诗歌奖等。进入教育部中文学科教学指导委员会组编的《中国新文学史》。

道路有一副孤寂的面孔

道路有一副孤寂的面孔
只要你贴近它
就会有一条冰凉的车辙吱吱碾过你的头顶

就会有更深的痛苦
产下虫卵

就会有人抛弃我们
或者是我们远离了村庄，酒，爱情

就会有灵魂历遍地狱
使自己变成泉源
变成透明
然后用剩下的唯一的手臂
去支撑满天的星辰

或者将呼吸投向大地
一把抓住那淡蓝的雨水

1986

不设防的孤寂

这些日子时常耕作，不太荒凉
四周全是稻谷、虫鸟和耗子
当外面的世界音讯消绝
风吹红了辣椒
我也只剩下一个名字

一种不设防的孤寂
让我越陷越深，每天
都只是一张发黄的黑白肖像
在阴暗处醒着，转动惊讶的眼珠
溪流就从我的袖口伸出手去
握住一片阳光
再静静穿过蝴蝶相交的菜园
没有也不可能有新的火种、新的皱纹
大批候鸟正向南迁移

在人类出生的房间里
我打开抽屉，这时，流星掠过
一堆暗红的煤渣
使夏日黄昏无比深远

1988

种植在旷野上的那片雨

种植在旷野上的那片雨
开始向上生长。鱼鳞似的瓦片
在蓝雾中像被爱者的脸一样飞花，
其中一朵，栖息到墨水里，传播着痛苦。

那片雨，叫作“上帝的蛇”
因为它无尽的引诱使枝杈繁茂
我已学会了从它阴郁的窗帘后
找到自己的脉搏，
像少女，从爱的电流中，找回前世的银饰。
像记忆，以蝎子的一蜇，使黎明苏醒。

然而，我的灵魂不愿做一把镰刀，
不愿割断那片潮湿的明亮，
或者，用一张唱片的密纹
从每一滴水珠的表情里穿过，
一言不发。
但发出编钟幽幽的清光。

准备好一个邻居吧，她可能
怀着对礼拜天所有泥泞的热情
打开了厨门：尖顶上的钟声敲得鸡蛋一样滚圆，
那赤足的雨水，已熄灭到了灰烬

而从一阵餐具的碰撞声里
我听到一曲盲目的音乐：
一条雨水的脐带，演奏着无形的漂泊。

1995. 6. 19

日　子

那些风光，从每一粒琥珀里渗出来，
从屋檐下渗出来，从骨骼
和后宫的轻雷中不戴面具地渗出来。

还有寂静，将银器摆上餐桌，
用仆人的懒惰凝想远方。
远方，可能有水，刚刚发芽
就准备流淌。

为一个日子微微摇摆它细小的蛇腰。

不错，树枝是对的——
让叶片站在高处，托住钟声。
没有铜从早晨掉下来，
也没有羚羊奔出乡村的墙壁。

只有方向，在迷失，在迷失，无限的迷失；
只有邮局，传染着传染着风俗。

1999. 1　给晨瑜

初　春

郊外的初春被薄冰领着
到了水边。幼小的反光
说明一切都是新的，包括殡仪馆。
死亡也像刚换上了衣领，显得洁净。

冷，嗫嚅着，谦虚着，
松开捆绑的人质。
我只想用一片处女膜交换整体。
也许，我仅仅受雇于潮湿的绿火，

一阵一阵的燃烧。灰烬
现影于寺院的墙上，
是错误的寂静；
其中的疼痛，清澈见底。

我祈求一种魔术：
让镜子抢救出来的嫩芽
找回泥泞，我的目光
像父爱，均匀地涂抹着她们。

2001. 1. 31

梅花酒

那年，风调雨顺；那天，瑞雪初降。
一位江南小镇上的湘夫人接见了我。
她说，你的灵魂十分单薄，如残花败柳，
需要一面锦幡引领你上升。
她说：那可以是一片不断凯旋的水，
也允许是一把梳子，用以梳理封建的美。
美，乃为亡国弑君之地，
一弯新月下的臣民只迎送后主的统治。
这些后主：陈叔宝、李煜、潘维……
皆自愿毁掉人间王朝，以换取汉语修辞。
有一种牺牲，必须配上天命的高贵，
才能踏上浮华、奢靡的绝望之路。

她说这番话时，雪花纷飞，
在一首曲子里相互追逐、吻火。
我清楚，夫人，你曾历遍风月，又铅华洗尽；
你死去多年，人间愈加荒芜：梦中没有狐女，
水的记忆里也没有惊鸿的倒影。
根据一条龙嘴里掉落的绣花鞋，
和一根丝绸褪色的线索，
我找到了你，在清凉之晨，在荒郊野外：
你的坟墓简朴得像初恋的羞涩，
周围的青山绿水渗透了一种下凡的孤独，

在我小心翼翼的目光无法触摸之处，
暗香浮动你姐妹们的名字：苏小小、绿珠、柳如是……

夫人，虽然你抱怨了阴间的月亮、气候，
以及一些风俗和律法，
但唯有你的死亡永远新鲜，不停发育。
从诗经的故乡，夫人，我带来了一瓶梅花酒，
它取自马王堆1号汉墓帛画的案几中央，
据说，酿制它的那位画工因此耗尽了魔力，
连姓名也遗失在雪里，融化了。
我问道：是否我们可以暂时放下礼仪，
在这有白玉和金锁保佑的干净里，
在这凤凰灵犀相触的一瞬间，
让我忏悔、迷醉，动用真气，动用爱情。
唯有爱情与美才有资格教育生死。

2003. 1. 23　给柯佐融

童养媳

风铃送来了一朵小雏菊；
礼物还嫩黄着，在土地庙隔壁，
她将蜘蛛分泌的寂静据为私有。

患了水乡幽闭症的寂静，
身份低暗，只配做童养媳。
如同一枚银币沉入瓮底，
她丝质的处女手腕，
有滑润的血痕，透亮如玉。
不是虐待留给官府的证据，
是那揪心的美，在搬弄是非。

当军阀和马蹄进驻城里，
经常可闻四世同堂的显赫家族，
被悲剧抄了家。

唯剩后花园，露珠像语录
一闪一闪。瓦砾
巧妙地传递着潮湿和微光。
似乎永远有一座戏台，喧闹着。

夜风送来了一桩买卖，
爱情的买卖，趁她童年熟睡之际。

2003. 5. 19　给顾慧江

苏小小墓前

一

年过四十，我放下责任，
向美作一个交代，
算是为灵魂押上韵脚，

也算是相信罪与罚。
一如月光
逆流在鲜活的湖山之间，
嘀嗒在无限的秒针里，

用它中年的苍白沉思
一抔小小的泥土。
那里面，层层收紧的黑暗在酿酒。

而逐渐浑圆、饱满的冬日，
停泊在麻雀冻僵的五脏内，
尚有磨难，也尚余一丝温暖。

雪片，冷笑着，掠过虚无，
落到西湖，我的婚床上。

二

现在苏堤一带已被寒冷梳理，
桂花的门幽闭着，
忧郁的钉子也生着锈。

只有一个恋尸癖在你的墓前
越来越清晰，行为举止
清狂、艳俗。衣着，像婚礼。

他置身于精雕细琢的嗅觉，
如一个被悲剧抓住的鬼魂，

与风雪对峙着。
或许，他有足够的福分、才华，
能够穿透厚达千年的墓碑，
用民间风俗，大红大绿地娶你，

把风流玉质娶进春夏秋冬。
直到水一样新鲜的脸庞，
被柳风带走，
像世故带走憔悴的童女。

三

陪葬的钟声在西泠桥畔
撒下点点虚荣野火，
它曾一度诱惑我把帝王认作乡亲。

爱情将大赦天下，
也会赦免，一位整天
在风月中习剑，并得到孤独
太多纵容的丝绸才子。

当，断桥上的残雪
消融雷峰塔危险的眺望；

当，一座准备宴会的城市
把锚抛在轻烟里；

我并不在意裹紧人性的欲望，
踏着积雪，穿过被赞美、被诅咒的喜悦：
恍若初次找到一块稀有晶体，
在尘世的寂静深处，
在陪审团的眼睛里。

2004. 12. 3　杭州，大雪，给宋楠

梅花开了

梅花开了，才知道还有家乡，
才记起还有情事未了。
他只会叫她名字的一半，
或许，她已从繁体简化到优雅，
像清凉寺的雪，
散发出禁欲的青草香。

带着歉意，安静的心
微微送别；
送别疤痕里的深浅隐痛。
岁月，热闹而怀孕着，
敲门声有着姓名，
连枝条上的脆弱也呼吸善良。

平庸的空气所认同的地方志，
不会记载茶馆里的流言。
梅花开了，道德依然贫瘠，
那些粉红的信笺上只写着一个字：爱。
爱，这个小小的非凡的主义，
尘土坚持了最久。

无奈的，俗世的圣徒，
穿过鞭刑密集的花雨：

孤独使他的脸很遥远，
人们只能吻到东方星空的味道。
梅花开了，寒冷熟了；
往昔重了，爱情寂静。

2006. 2. 20

短恨歌

把恨弄短一点吧，
弄成厘米、毫米，
弄成水光，只照亮鲑鱼背上的旅行；
弄成早春的鸟叫，
离理发师和寡妇的忧郁很近。

不要像白居易的野火，
把杂草涂改成历史。
也不要学长江的兔尾，日夜窜逃不息。
更不要骑蜗牛下江南，缠绵到死。

把恨弄短一点，
就等于把苦难弄成残废，
就等于床榻不会清冷。

在孤独纷飞的柳絮下，
爱情是别人的今生今世，
即便我提前到达，也晚了；
即便玉环戴上无名指，
恨，也不关国家的事。

2006. 8. 20

同里时光

青苔上的时光，
被木窗棂镂空的时光，
绣花鞋蹑手蹑脚的时光，
莲藕和白鱼的时光，
从轿子里下来的，老去的时光。

在这种时光里，
水是淡的，梳子是亮的，
小弄堂，是梅花的琴韵调试过的，
安静，可是屋檐和青石板都认识的。
玉兰树下有明月清风的体香。

这种低眉顺眼的时光，
如糕点铺掌柜的节俭，
也仿佛在亭台楼阁间曲折迂回
打着的灯笼，
当人们走过了长庆、吉利、太平三桥，
当桨声让文昌庙风云际会，
是运河在开花结果。

白墙上壁虎斑驳的时光，
军机处谈恋爱的时光，
在这种时光里，

睡眠比蚕蛹还多，
小家碧玉比进步的辛亥革命，
更能革掉岁月的命。

2008. 3. 13　给长岛

月圆之夜

月圆之夜，
世界变得简单；寂静，
悬挂着、赤裸着苍白。

月光劈开潮湿的街道，
蓝烟点燃那个被厨师烹饪到丰满的甜女孩，
很快，很快，她会发生质变。

月圆之夜，
亲情血脉旺盛，
听得见妈妈小小的家无穷的呼唤。

我们都是月亮的人质，
我们的骨灰只撒在回家之路上，
如，风中毫毛。

在暗中，对几两碎银说，
够了！可以放下斧子，
去西湖颓废了。

对扭曲水泥的城市说，
呸，叛徒！把圆圆的村庄还给我，
里面仍要裹着红豆的馅。

2011. 9. 16　给胡东梅

天目山采蘑菇

没读过五线谱的森林长满了蘑菇，
我采下一个休止符。鹅黄，有毒，急性的斑点
随暮光扩大，以至于
那尚未抵达的爱
来了。踏着单车，全身洋溢着无辜的恨。
吃惊于自己是一座水牢。
一路上，灵魂在绿叶的尖叫里穿行。
吞食这一刻，我也许会
参加通灵党；也许会飞入雄鹰的翅膀。
多少次，过期的日子
霉迹斑斑地将我制服，
水池里未清洗的碗碟又沉溺了一夜。
多少次，我用痛苦路过天目山；
用大雪，打扫干净教科书中的虚火。
直到，我在童年一样低矮、潮湿的腐殖土上，
采摘到晕眩、变异，
和对原始肉体最深切的迷恋。
狂飙已在我掌心登陆。
直到——值得。

2011. 12. 10

人到中年

戏台上的锣鼓，
能听懂
脚步婉转、细腻的唱腔如何穿过针眼；

其实我明白，
人到中年，一切都在溢出：
亲情、冷暖、名利。
曾经的旅程，犹如几颗病牙，
摇到了外婆桥。

我记得每一个昨夜，
少女的味蕾，奋不顾身的春色；
记得雨水仍发着高烧，
从嫉妒中失去的万有引力，
似一场大雪紧搂江南的水蛇腰。

忧伤所做的事情，足够支付信用卡；
酒火燃起的牢骚，
也一直连绵成无法挽回的群山；

这时，我听见一只响雷夺眶而出，
在杏花村屋顶上碎成星空。

其实，我明白，
人到中年，是一头雄狮在孤独。

2012. 2. 29　杭州

生命的礼物

我在一份清单上记下：
木棉花充血的歌喉啼破黎明，
东方正冉冉升起；
水上的云在孔雀开屏。

我还记下：
早晨，一片柠檬的酸涩
越过边境，
士兵体会到，深陷跋涉的茫茫雪原
那股寂静的勇气。

我继续记下：
脚步声积累成一枚钥匙，
直接，可以打开空气。

我难以记下的是：
被死神一瞥之后与重获新生之间，
那段祝福与诅咒血泪交加的里程。

一切，都是生命的礼物；
除了，用锁去开门的那种反动。

2012. 9. 25

雪的告别词

一

雪，一场如此盛大的告别
悄无声息。
人们知道它要走了，水的眼眶有点湿润。

它走了！只有少数几位知道，
没有一个人能继承它的遗产：
它纯白的派头，
它自在、高贵的东方式亲和力。

有时，它给窗玻璃提供一张天意草图；
有时，它衬托银杏叶金黄的熟；
有时，火车启动它祥瑞的风景。

悄无声息。雪和它体内的那条火龙
消隐于无形。江南随之渗透孤寂。

二

运送沙石的船掠过建筑物，
犹如抽离自身的一部分。

光线，从土里，
把城市一点点拔出来。

这是黎明炫目的时刻，
雪告别的时刻。
吸收了一夜漆黑的树木，
渐渐松弛开鸟雀的羽毛。

（最勇敢的，莫过于哼哼唧唧的猪，
正勤奋地要把地球拱回栅栏。）

这时，从街道那头飞奔过来
一条彩霞印染的纱巾。
哦，一抹最优秀的温暖，
女神般挽起雪的手臂，离开冬天。

2013. 12. 19　杭州

喜马拉雅诗篇

——致高银

一

我有一件棉袄，
束手无策的寒冷经常穿着它，
在喜马拉雅。

这是温暖颁发给冰山的
许可证，
这是草帽的光芒把泥土的牲口味
刺进了白雪的肉。

沿途的风景早已夕阳西下，
只有转经筒随酥油灯的诵经声，
在老年人的额头上
流淌着煎熬。

只有韩国圣徒高银，
被悔恨、耻辱这些修行的敬语治疗，
83 岁，就融入了十万歌集。

二

高银喜乐的身姿多么可贵，

他用黄酒书写着行草“心经”，
他的舞永远跳在童年，
他的沧桑如干净的湖水。

在喜马拉雅，
晕眩是为了什么？
哦，为了空无！幸福！
那熟透了的幡，
紧紧抓住地球边缘飘飞，
当飘飞的强度变成鹰，
意味着死亡——穿过五颜六色的峡谷，
消失于脊椎尾部。

看，他的头发，
鸟巢般盛放着蓬松的云絮，
无论早晨从哪一片叶子醒来，
我的喉咙都会啼叫出
新鲜的话：喂，大师，
你的诗篇碰触了天花板：
这昂贵，讨厌的思念。

三

坐落于稀薄氧气里的春天，
“哎哟哎哟”，仍然是
野猪翻滚的人间，
仍然疼痛。

神童、证人、僧侣、酒鬼、斗士，
你一一拨开轮回种植的铁栅栏，
抵达喜马拉雅。

终于，诗篇
如平静而起伏的高原山道，
向着悲悯延伸，
承担了一滴泪的全部内涵。

某个瞬间，或许，它就是那张门票，
苛责你，顺从你，
当灵魂的漫游赤身裸体。

2016. 7. 16　杭州

秋歌：十里银杏

一

很快，我将蜿蜒，
在山道上，
用蟹黄加速涂抹银杏叶片，
把朝露钉满十里长廊；

不管坏脾气新伐了多少树枝，
做成小板凳，
放入暖阳；

也不管无数颤抖的少女，
在金矿里，
下落不明；

我想要漫无边际地飘，
旋转和疑惑。

二

那雨中的野猪，
那休耕时节的红烧肉，

那溪水哗哗流淌的胃口。

我寂寂地雕刻
渗出汁液的旅店；

我的账单：
一条睡眼惺忪的白床单，
一具可有可无的裸体。

已经，秋收了，
结束生长了，
镰刀懒得起义，
忧郁仅剩柔软；

只有鸭掌和扇形的事物轻声细语：
我喜欢，我喜欢提鞋的影子。

2016. 9. 9

早春二月

一

春雪在蚕食晨曦，
屋脊，微微发烫；
我的酒酿小圆子正在锅里翻腾。

江南的一半是水墨画，
另一半，是糖果店。

其实，那些吹着口哨，
在街头闲逛的年轻人，
并不认识贫穷的丑陋，
也不在乎这个时代的空气有多么甜；
会到那一天：他们生儿育女，
把腊肉挂在通风的门廊下。

突然，片刻的冷让我感觉温暖；
黑白斑驳之间，薄冰闪耀出同花顺的光：
哪几张牌是我优雅的未来？

二

褪去了冬眠的街道，

视线清新、怀柔，
容易放任游动的事物。

不远处那家咖啡馆，
贯穿着某种复苏的沉默，
一对小资翅膀
和爱情失联已久。
它的女主人，长期旅行在西藏、尼泊尔，
戴着蜜蜡、绿松石手链。

那些萌芽的嫩尖显示，
物质丰裕的精神繁殖力——
许多疑问，
仿佛获得了茫然的解脱，
又好像松了口气。

我转身，走向放弃的反面。

三

插在红瓷瓶中的蜡梅，
那折断的疼，渐渐弥漫，

绣花针般刺入早春二月。

金黄的骨朵如小楷经文，
隐秘地照亮悲伤。

当高跟鞋笃笃笃穿过阴湿的庭院，
少妇臂腕上的菜篮子
和旗袍勾勒的身形，
以某种张力，对生活
造成了不可估量的损失。

缓缓地从雾里驶来的护城河，
像检票员慢慢缩小、变淡，
随站台消融。

2017. 3. 23

中原，四门塔

一

拂晓，黄河染料厂，
那成批运送来的魂魄已湿漉漉上岸；
泰山的龙椅仓库也受到了祈福。
这时辰，乱云飞渡。

马蹄、尘埃的中原世界，
浮现青石四门塔：
古朴的单层亭阁，螺发肉髻的佛像，
顶刹的尖直插视野。

当一代代的锄头起起落落，
在挖掘、在挖掘
英雄史诗，可曦光中，
半首绝句矗立着：卓越、经典。

二

在神通寺，在千佛崖，
在枣红色的深秋，
你，讲解员，

你纯真的美是我吸收的内容。

你写给我的信，早已捣成纸浆，
再生为另一种情感。
我记得你刀法精湛的耳垂，
那粉嫩的肥。

也许，遗忘会陪同我完成还愿，
从圆拱门进入《心经》：
我不想惊扰沧桑齿缝间的力，
我不会背叛未抵达的吻。

2018. 9. 15　上海

东荡子

本名吴波。1964 年 10 月生于湖南省沅江市东荡洲，高中不到一年，便服役于安徽蚌埠某部，后在深圳、广州、长沙、益阳等多地工作或闲居。2005 年始任职广州增城日报社编辑，至 2013 年 10 月离世。1985 年开始写诗，先后出版《不爱之间》《王冠》《阿斯加》《东荡子的诗》《杜若之歌》《东荡子诗文集》。曾获《诗选刊》“2006·中国年度最佳诗歌奖”、第八届“诗歌与人·国际诗人奖”、首届“扶正·独立诗人奖”、第九届广东省鲁迅文艺奖等。

王　冠

把金子打成王冠戴在蚂蚁的头上
事情会怎么样。如果那只王冠
用红糖做成，蚂蚁会怎么样

蚂蚁是完美的
蚂蚁有一个大脑袋有过多的智慧
它们一生都这样奔波，穿梭往返
忙碌着它们细小的事业
即便是空手而归也一声不吭，马不停蹄

应该为它们加冕
为具有人类的真诚和勤劳为蚂蚁加冕
为蚂蚁有忙不完的事业和默默的骄傲
请大地为它们戴上精制的王冠

2002. 5—2002. 6　牛塘

黑　色

我从未遇见过神秘的事物
我从未遇见奇异的光，照耀我
或在我身上发出。我从未遇见过神
我从未因此而忧伤

可能我是一片真正的黑暗
神也恐惧，从不看我
凝成黑色的一团。在我和光明之间
神在奔跑，模糊一片

2002. 5—2002. 6　牛塘

树叶曾经在高处

密不透风的城堡里闪动的光的碎片
并非为落叶而哀伤
它闪耀，照亮着叶子的归去
一个季节的迟到并未带来钟声的晚点
笨拙而木讷地拉动钟绳的动作
也不能挽留树叶的掉落。你见证了死亡
或你已经看见所有生命归去的踪迹
它是距离或速度的消逝，是钟声
敲钟的拉绳和手的消逝。大地并非沉睡
眼睛已经睁开，它伸长了耳朵
躁动并在喧哗的生命，不要继续让自己迷失
大地将把一切呼唤回来
尘土和光荣都会回到自己的位置
你也将回来，就像树叶曾经在高处
现在回到了地上

2002. 5—2002. 6　牛塘

卑 微

我沉醉在他们的帮助之中，同时我也沉默
面对他们的倔强，来自破土的植物
我沉默是因为他们的芬芳已使我深深迷醉
是因为他们悯怜我单身一人，没有河流赐予的女儿
我沉醉于他们的智慧把我引到一个更加宽阔的世界
那里有参天的树木和纯洁的鸟群，那里金色的屋宇
闪耀着黑暗的光明，那里王与臣民平等而友好
那里的道路向上，平坦而惊奇，犹如下坡一样轻松
我见到他们的灵魂，仿佛微风中芙蓉从水里出来
他们与大海融为一体，他们唱着同一种嗓音
他们是同一个人，他们在世间生活过
他们仍然抱着尘烟。在不断上升
他们是我看见的所有的人，没有恐惧
走近陷阱像走近自己，照见自己，也把自己唤醒
他们让卑微显现伟大，像草木一样生息，繁荣
当死亡吹出时光的老脸，裹着黑色的披风出现
在他们面前，他们没有惊慌，微笑着迎接了它

2002. 5—2002. 6　牛塘

空中的梦想

那些在田野里起早摸黑的劳动者他们为什么呢
那些工匠在炭火里炼打刀剑和镣铐为什么呢
那些写诗的诗人们要写一个什么样的世界
那些出水芙蓉为什么还要梳妆打扮为什么呢
那些少妇和成年男子在街头为什么要左顾右盼
那些老人们为什么不出门远游
那些小孩建筑自己的高楼自己没法住进去呀
群峰已经低头，天空已经低头，河流带走了时光
手隔着手，眼睛看不到眼睛为什么呢
蜘蛛没有翅膀，也没有梯子和脚手架
它却造出了空中的梦想

2002. 5—2002. 6 牛塘

十二个词

请看看这些词：蝴蝶、船舶、海洋和花瓣
有必要你们把海洋的平面看成是光滑的
花瓣离开了花茎和土壤，躺在海洋的皮面
它不是死亡，它一直在活过来
蝴蝶追随它，停在它的嘴唇上
一个多么漫长的吻，船舶掀起波澜
海洋在恢复它昔日的疯狂
但蝴蝶仍然停在花瓣的嘴唇上

请看看鱼、鳞片、战马和篝火
鱼在岸上。鳞片在水上。战马在思念、在回忆
尘土和烟雾还没有散去
篝火快要熄灭，在战马的尸骨旁

请看看这些红的宝石、丁香、露珠和鸽子
它们进入你们的房间和卧室
鸽子缭绕你们的头顶、屋顶
有时落在你们肩上、你们的手臂和掌心
多好的早晨，不要惊醒熟睡的丁香
透明的露珠躺在它众多的脸上，仿佛红宝石
仿佛繁殖和闪耀，在远方

2002. 5—2002. 6　牛塘

看上去多么愉快

在电影和书本里看到的战争
已成为我的历史，仿佛我亲自参加
我的战友，有的死于冲锋时的战火
有的被乱枪杀死，有的凯旋
死于美酒和鲜花，有人遭忌妒而被装进
伙伴的笼子。但是他们为什么
战斗，为什么冲锋，如果他们明白这些
如果他们死后才知道是如何糊涂地死去
而电影和书本还在继续，我想我仍然
会沉浸在战斗与硝烟之中
在刀剑和子弹的网里，如果我侥幸而获得荣光
是否能从伙伴的笼子里无声无息地逃出
站在另一个山头，宣布停止所有的战争
看上去多么愉快，整个世界一点火药味都没有
像一个和平的村庄，他们做他们该做的事情
什么事情是他们不该做的，在这个时代
只有你还说得出来

2002. 5—2002. 6　牛塘

真理和蚂蚁

不可言说的真理，说出它
意味着说出了谎言。真理犹如石头
赤裸而沉默，对抗一切外来的力量
如果将它粉碎，它便力量倍增
在此之前，我还未投入神的怀抱
我对蚂蚁的劳动怀有特别的感激
它也不可言说，精确而有力，从不仰视
高大的事物。如果愿意，它随时都可以
在它们的头顶开垦一片自由的天地
如果它爱，它在那里建造爱的宫殿
我曾“请大地为它们戴上精制的王冠”
我也曾因忌妒而泄露人类的叹息
不可言说的远不止真理和蚂蚁
什么东西把我们拉住，无法挣脱
丢弃我们，也许我们才能把自己丢弃

2002. 5

哪怕不再醒来

这里多美妙。或许他们根本就不这么认为
或许不久，你也会自己从这里离开
不要带他们到这里来，也不要指引
蚂蚁常常被迫迁徙，但仍归于洞穴

我已疲倦。你会这样说，因为你在创造
劳动并非新鲜，就像血液，循环在你的肌体
它若喧哗，便奔涌在体外
要打盹，就随地倒下，哪怕不再醒来

2008. 7. 4　九雨楼

一片树叶离去

土地丰厚，自有它的主宰
牲畜有自己的胃，早已降临生活
他是一个不婚的人，生来就已为敌
站在陌生的门前

明天在前进，他依然陌生
摸着的那么遥远，遥远的却在召唤
仿佛晴空垂首，一片树叶离去
也会带走一个囚徒

2008. 7. 15　九雨楼

他却独来独往

没有人看见他和谁拥抱，把酒言欢
也不见他发号施令，给你盛大的承诺
待你辽阔，一片欢呼，把各路嘉宾迎接
他却独来独往，总在筵席散尽才大驾光临

2008. 7. 16　九雨楼

芦 笛

我用一种声音，造出了她的形象
在东荡洲，人人都有这个本领
用一种声音，造出他所爱的人
这里芦苇茂密，柳絮飞扬
人人都会削制芦笛，人人都会吹奏
人人的手指，都要留下几道刀伤

2009. 3. 31 九雨楼

打　水

去赤磊河边打水，你猜我遇见了谁
一个老头，他叫我：“安”
他低着嗓子，似乎是一贯的腔调
但我想不起，有谁曾经这样叫过

雾水湿透了他的眉发
这个老头，从何而来
他起得这么早
他用桶底拨开水面，就帮我打水
接着又把我扶上牛背

2009. 3. 31　九雨楼

盛放的园子

到了，昨天盛放的园子
因他们而停止的芬芳，不再笼罩
千百种气味已融入其中
千百种姿态尽已消形
你来得太迟
你那千百颗心，再生于肉体与冰川
也无一样烈焰，能敌过凋零

2009. 4. 2　九雨楼

家 园

让我再靠近一些，跻身于他的行列
不知外面有丧失，也有获取；不知眼睛
能把更多的颜色收容

他面朝黄土，不懂颂歌
我如何能接近一粒忙碌的种子，它飘摇于风雨
家园毁灭，它也将死

2009. 4. 4　九雨楼

甩不掉的尾巴

选择一个爱你的人，你也爱她，把她忘记
选择一件失败的事，也有你的成功，把它忘记
选择我吧，你甩不掉的尾巴，此刻为你祝福
也为那过去的，你曾铭心刻骨，并深陷其中

2009. 4. 17　九雨楼

只需片刻静谧

倘若光荣仍然从创造中获得
认识便是它的前提
倘若仍然创造，他又想认识什么
他已垂老，白发苍苍
宛如秋天过后的田野，出现于他眼中，茫然一片
天空和大地，安慰了四季
劳动和休息，只需片刻静谧

2010. 4. 4　改于九雨楼

四面树木尽毁

你躲得过石头，躲不过鲜花
是歧途还是极端？往昔你多么平静
你的头顶就是苍穹
你的酒馆坐满过路的客人

躲闪能将你白天的足迹改变
驻足也能令你在暗处转身
你看得见五指，但看不见森林
四面树木尽毁，囹圄和沼泽已结为弟兄

2010. 7. 31　九雨楼

一意孤行

还有十天，稻谷就要收割
人们杀虫灭鼠，整修粮仓，而你一意孤行
忘返故里，不做谷粒，也不做忙碌的农人

还有十天，人们将收获疾病
求医问药，四处奔波，而你一意孤行
流连于山水，不做病毒，也不做医生

还有十天，牧场就要迁徙
人们复归欢腾，枯草抬头，而你一意孤行
守着木桩，不让它长叶，也不让它生出根须

2010. 8. 8　九雨楼

它有隐秘的支柱

他有一只小而又小的心脏，他要从高处下来。
他经历的伤痕和丘陵一样多，
他翻越的秋天没有沉甸的头颅。
给他足够的体力，让他储备，让他无尽轮回。

灰烬总要复燃，或野草又回到脚边。
他看见你，那么多的现在和过去的狂欢，
循环往复，密布细小的血管。

这一切并非要唤醒——那些透明的肢体，
蚂蚁遇见大象，可能蚂蚁粉身碎骨，
也可能大象将失去水源。
这个夜晚要稍稍长一点，它有隐秘的支柱，
那些面庞一当出现，耀眼的，会远离顶端。

2013. 3. 26　九雨楼

何等的法则

众生唏嘘、惶恐，鹰的高空萦绕松鼠与野兔的尖叫。
它却俯冲、掠食，往来于各个节气。
然而在低处，从未见你把刀的爪子抓住。
这是何等的法则？天空已经裂缝，
坍塌便不只是掩没大地的声音！

2013. 3. 27　九雨楼

可能只是一时的无措

一个颗粒无收的人，还要活着，就会欠债。
一个走投无路的人，还要走下去，
他会有怎样的行动？
欠的永远欠下？走下去将不再拥有方向？
他在跑，你在追，比的不是速度？
那其中包含什么奥秘？是兔子掉进深水，
还是乌龟埋在洞里？
一砖一瓦，广厦千万间，谁在颠沛流离？
阿斯加，你见过他们的模样，
你见过悬崖峭壁，或深渊万丈；
眼睛红了，视力所到之处都在燃烧，
眼睛黑了，天紧跟着就会塌下；
你见过麻木，那死鱼的眼睛盯着前方，
它可能只是一时的无措，而非惊慌。

2013. 3. 31　九雨楼

别踩着他们的影子

他们的琴，有的一根弦，有的两根，甚至更多。
他们知晓时间不动，也把一草一木笼罩。
别踩着他们的影子，阿斯加，
他们刚从沙暴的旅途退下，
带着北方的肺，要在南方的树林呼吸；
他们中那个酒醇的脑袋，曾出没于山峦，
弹拨着剩余的肢体。

2013. 3. 31　九雨楼

你把一滴光阴掰成了两半

我一度相信那神奇的液体，出自深山，
或者一条僻静的巷子，经一双老了的手，
慢慢酿制，且要深谙火候，
因为发酵——在一只捂好了的木桶里

而那些流逝得太快的时光，应当留给他们
他们热衷丰收，满足于颗粒归仓
让他们夜以继日，张灯结彩，车水马龙
把你刚刚出锅的酒浆装进坛子，也送到他们手上
相信因为短暂，你把一滴光阴掰成了两半

2013. 3. 31　九雨楼

我追踪过老鼠的洞穴

我追踪过老鼠的洞穴，它们有两个洞口。
如果在一头打草，惊蛇便伺机从另一头逃跑；
如果把两头死死堵住，再一寸一寸将土扒开、挖走，
也不必窃喜，因为洞穴的中部，它们开辟了岔道，
那里可以藏身，还可以用作仓库，储藏明天的粮草。

我见过的老鼠如此镇定，即便把洞穴挖成沟槽，
不到最后一刻，它们也不会让半截尾巴露出，掉以轻心。
看看吧，这里什么都不曾发生！但如果由于退缩、挤压，
蜷在里边的幼鼠忽然发出了梦呓，噢，原谅它们！
它们嗷嗷待哺，还从未打开过眼睛。

2013. 4. 2　九雨楼

安顿

声音有自己生长的方向，花朵和果实，
也都要遵循自身的意愿。
唯独你，一点一滴围住他，不声不响，
让他习惯挣扎，奔走于刀尖

然而在你的身上，猫的脚步和虎的长须，
这两个极端的属性，终而统一，
他会跟你醒来？若他翘首以盼，
则把种子安顿，连伤口也遗忘。

2013. 4. 4　九雨楼

有一种草叫稗子

有一种草叫稗子，也叫秧虱。
它结的籽，要用来酿酒，还味道醇美。
但在我的家乡，无论稗子还是秧虱，你都不能叫，
你一开口，立刻就有人把它从稻田里拔掉。
它生长健旺，比禾苗高，
它的籽粒却比稻谷小。
可在插田的时候，你分不清它是稗子，还是禾苗。

2013. 4. 4　九雨楼

当你把眼睛永久合上

他们在到处寻找高地，要四面开阔，环抱在绿色中，
以备将来在天之灵得到很好的休息，
并能从这里望得更远。

他们在到处寻找石头，要刻得下他们的脚印和身影，
无论生前有多少磕碰、趔趄，
石碑上的字迹也一定要刻得端正，不能有半点歪斜。

我仿佛已看到他们不朽的轮廓，跟你现在相差无几。
但当你把眼睛永久合上，他们是否知道，
你的脸庞朝外，还是侧向里边。

2013. 4. 6　九雨楼

瞭望

不必试图安慰一个从战场上溃败下来的人。
对于胜利者，也不要把你的鲜花敬献。
一个站在高高的城楼，一个俯身抱着断墙，
他们各自回到营寨，都在瞭望，心系对方。

2013. 4. 7　九雨楼

他们丢失已久

残渣、碎片和污染了的水，以及不再流动的空气，
你让它们熔于一炉，亟待新生，重现昔日的性灵；
你也应该去探访那些还在路口徘徊的人，他们丢失已久，
尚不知，你已把他们废弃的炉膛烧得正旺。

2013. 4. 8　九雨楼

卢卫平

1965年9月出生于湖北红安，现居珠海。珠海市作家协会主席，《中西诗歌》主编。1985年开始诗歌创作，出版有《异乡的老鼠》《向下生长的枝条》《尘世生活》《各就各位》《浊酒杯》《打开天空的钥匙》《留言簿》等诗集。诗作入选《中国新诗总系》等200多种诗歌选本，被译成英语、葡萄牙语、瑞典语、俄语等多国文字。获中国第三届华文青年诗歌奖、2008年《诗刊》年度优秀诗人奖、2007年首届中国《星星》年度诗人奖、《北京文学》奖、首届苏曼殊诗歌奖，第九届广东省鲁迅文艺奖、2018年首届《草堂》诗歌奖年度实力诗人奖等。

异乡的老鼠

谢谢你常来看我

夜深了并下着雨
你是怎么找到我的
在这座陌生的城市

我是个很随意的人
没请你就坐你不要委屈
你就靠在墙角站着

这座城市很卫生
走在大街我常找不到厕所
你和我一样
活着很不容易
可你能否告诉我
为何我们宁在这餐风饮雨
也不肯回到坡上的土屋

大街五彩缤纷
只有我们还穿着一身灰衣
今天是星期天
我吃了一天方便面
你要是饿了

就啃我还未封口的家书
那里有半碟老家的泡菜
和一缕稻香

1986. 9

富人小区的一次意外

突然的黑暗让人说话
让早应熟悉但直到
黑暗降临前还陌路的人
从各自的房间走出来
聚在楼下的草地上

没有一个窗口亮起蜡烛
停电的房间
没有人愿意多待一分钟
面容慈爱或狡黠
来不及辨清
从普通话的缝隙中
泄漏的几滴方言
是黑暗中相互交换的名片

谁也不是这座城市亲生的
一切就因为工业的父亲
让那么多人爱上城市
这个喜怒无常的继母
孩子抬头的那一刻
星星激动了
这时草地上的每一人都发现
楼上楼下左右隔壁

都住着结构相似的一家人
黑暗帮每个人找到
自己的邻居

1999. 6

在水果街碰见一群苹果

它们肯定不是一棵树上的
但它们都是苹果
这足够使它们团结
身子挨着身子　相互取暖　相互芬芳
它们不像榴梿　自己臭不可闻
还长出一身恶刺　防着别人
我老远就看见它们在微笑
等我走近　它们的脸都红了
是乡下少女那种低头的红
不像水蜜桃　红得轻佻
不像草莓　红得有一股子腥气
它们是最干净最健康的水果
它们是善良的水果
它们当中最优秀的总是站在最显眼的地方
接受城市的挑选
它们是苹果中的幸运者骄傲者
有多少苹果一生不曾进城
快过年了　我从它们中挑几个最想家的
带回老家　让它们去看看
大雪纷飞中白发苍苍的爹娘

2002. 1

椅　子

这把椅子跟我已相识十年了
我一直把它放在书房
我在家的日子就是和它一起度过的
读书写作　想一些我能想到的事情
十年间　无论我内心多么激烈
椅子都一声不吭
也许它的幸福　就是有人坐着
空着是椅子最大的痛苦
我常常用这样的想法
减轻我越来越重的身躯
给椅子的压力
12 月 22 日晚我像往常样喝了两杯小酒
坐到椅子上　突然听到椅子发出了声音
像一个患感冒的老人的一声咳嗽
我摸了摸椅子的手
有点冰凉　有点瘦
我在十年里第二次发现这把椅子是木头的
我闻到了十年前我第一次见到它的味道
这味道提醒我　椅子从未
停止过对树的怀念
今天　椅子终于将怀念说了出来
让我听着感动　甚至有些愧疚
我该去那片树林走走

那是我初恋常去的地方
从小鸟给即将成为椅子的树的祝福
我知道我该珍惜什么

2003. 1

修 坟

母亲　儿子给你盖房子来了
儿子要让你在大地上住不漏雨的房子
住北风吹不掉屋顶的房子
你一生有关节炎
儿子不能让你只剩下骨头还患风湿
你一生在为怎样挨过冬天夜不能寐
儿子不能让你一生最后一觉焐不热被子
你坟前的槐树　在不停摇头
母亲　你是不是认不出儿子
儿子有三年没回家看你
你说　起风了　眼睛有些迷糊
即使一百年不见　母亲
都会在陌生的人群中一眼瞅出自己的儿子
母亲　你住上好房子后
会不会像你在城里住的那几天
天一黑就找不到你儿子的家门
你说城里的灯比天上的星星还多
不像乡下　认准一盏灯就能回家
有一间好房子　住在乡下
你就哪儿也不去了
母亲　你一生第二次出远门就到了天堂
你什么时候回来　母亲
儿子给你盖了能住一万年的房子

我看到磷火了
这是不是你提着灯走在回家的路上
母亲

2003. 6

在命运的暮色中

在命运的暮色中
一个盲人在仰望天空
一个聋子在问盲人，看见了什么
盲人说，看见了星星

聋子沿着盲人的方向望去
有星闪烁
聋子问，你是怎么看见的
盲人说，坚持仰望
就有不灭的星在内心闪耀

你听见星星在说什么
盲人问聋子
聋子说，星星正在和哑巴交谈
哑巴的手语告诉我
星星将引领我们走向光明的坦途

2003

倾　听

这么多的果实
是怎样在大地的黑暗里
找到树根
然后沿着树根
爬上树干
最后灯笼一样挂在枝头
在果园
我听不见果农的欢声笑语
只听到果实从冬天出发
经过春夏赶往秋天
奔跑的脚步声

2003. 12

楼道的灯坏了

楼道的灯坏了
我摸黑走到七楼
打开家门
我发现
我的家竟然
那么亮堂
多少年视而不见的事物
也在闪闪发光

2004

在白居易墓前

一个内蒙人说　离离原上草
一个西藏人说　一岁一枯荣
一个海南人说　同是天涯沦落人
一个甘肃人说　相逢何必曾相识
一个杭州人说　回眸一笑百媚生
一个上海人说　六宫粉黛无颜色
一个长沙人说　在天愿作比翼鸟
一个武汉人说　在地愿为连理枝
一个南京人说　别有幽愁暗恨生
一个广州人说　此时无声胜有声
一个济南人说　野火烧不尽
一个长春人说　春风吹又生
他们都是说的方言
但每一句我都能听明白

2005

理解一个比喻要多少年

理解一个比喻要多少年
要经历多少风雨，多少事
要遇见南来北往什么人
雪，像盐一样白
这是我小学二年级写下的
雪的比喻句。三十多年过去了
除了白，我没有在雪和盐之间
找到更紧密的联系
直到今年冬天，你离我而去
我陪你走过的沿河大道
被风的刀刃砍成伤口
这雪，才真的像盐一样白
让我在夜晚看见一座城市的
疼，痛。

2007. 11

在戈壁

在戈壁，我看见这么多石头
它们都是孤零零的
我想留下来，为它们建立联系
为它们找到失散的亲人
或者修一条路，让它们在路上手牵手
向天路尽头的太阳走去
盖一座房子，给骆驼住
这是我突发的臆想，月黑的夜
有利于它们相拥着听驼铃入梦
风的哨音一阵阵响起
它们能否被集合起来，成为世界上
一支最有实力的群体。接下来
最好能由我来告诉这些
已经找到爱情的孤儿，春天正在路上
戈壁也是人间。到那时
情况就不一样了。你再来这里
我老了，戈壁也不叫戈壁了
但你应该还会叫出我的名字

2007

流　水

我想起流水时，流水已去了戈壁和沙漠
为一棵焦虑的胡杨，流水让自己从人间蒸发
我不止一次在云的灰色背影里看见
流水欲言又止的嘴唇，和欲哭无泪的眼睛
我不去碰草尖上的露珠，我担心
它步流水的后尘，在盲目的泥土里
失去青春最后的湿润。我想起流水时
流水已在冰中睡眠。鱼醒着，穿着黑暗的铠甲
孤独的刀叉刺不中它隐秘的内心
我渴望我就是那条鱼，等流水醒来
给我带来沉船的消息，给岸边的柳树
在时间的流逝中，挽留昨日的倒影
流水的梦里，是否有大海嘶哑的涛声
我在三月的海边，看浪花围绕着礁石
点燃白色的火焰，打开心痛的折扇

2008

对一支蜡烛的愧疚

在清理书桌抽屉时，我看见
一支蜡烛。在灰尘的遮盖下
仍然闪着白色的光
无论我怎样回忆，我都无法知道
这蜡烛是从什么时候就在抽屉里
陪我读书，写作，关心我的冷暖
像那些已从我生活中消失的人
已经有很多年没停过电了
谁会在灯光下想起蜡烛
谁会在相伴时感到孤独
它渴望黑暗降临，渴望我
在寂寞时清理往事的抽屉
岁月的棋盘已进入残局
在时间的河边，对峙就是胜利
我仍能听见远处的召唤
但渐渐地，我已无力响应
在擦拭蜡烛身上的灰尘时
我隐约感觉到它冰凉的表情下
一颗温软的心仍在跳动
当打火机向它耳语
它只轻轻一个颤动就喜极而泣
我在它透明的泪里
感到从未有过的愧疚

2008. 2

父亲的火车

父亲七十岁了，一个人
住在乡下。每次打电话
我都对父亲说，年岁大了
一个人孤单，到城里住热闹
父亲说，乡下通火车了
每晚都有火车从村头路过
清明节，我回老家给母亲修坟
陪父亲住了一夜
在细雨中听父亲讲村里的
婚丧嫁娶，生老病死
过十二点了，父亲说
火车快要来了，不到五分钟
我就听见火车的汽笛
翻山越岭，抵达泡桐树掩遮的村庄
父亲说，今夜的汽笛
好像比往常拉得长
父亲说这句话时
语调低沉，语速缓慢
脸上的表情是要挽留住什么
十五瓦的灯光把父亲的背影
印在斑驳的墙上。窗外，雨在淅沥
我眼睛湿润，从那长长的汽笛
听见火车在旷野的孤独

和火车远去后
村庄与父亲的孤单

2008. 5

终 于

终于习惯了在白天的喧嚣中沉默
夜晚却响起了无法抑制的鼾声
是什么让我睡着了还在喊叫

终于因为磨难有了骨气
五万斗米我也不会折腰
诊断书上却宣判我是骨质疏松症晚期

终于知道我手中那些千辛万苦的沙子里
有世人看不见的黄金
它们却都在我紧紧抓住时纷纷流逝

终于可以清晰地听见自己的心跳
可身体那列渐渐老去的火车
每次喘息都拉响拐弯或即将到站的汽笛

终于站在自己建造的高楼顶上
瞬息万变的云彩就要为我加冕
我却看见了整个世界都在随我颤抖的双腿摇晃

终于在向疾病学习的过程中学会散步
夕阳的余晖里有我最好的藏身之所
那个承诺跟我捉一辈子迷藏的人却厌倦了寻找

2010. 1. 19

月　末

每到月末，他就会搬动家具
有限的几件家具在他无限的想法中
反复改变着他狭小的生活

搬动得最多的是沙发和床
他用搬动沙发来变换窗外容易厌倦的风景
和喧闹而单调的鸟声

是同一个沙发，还是另一个沙发
经常来喝酒的几个写诗的朋友
不止一次坐在被他搬动的沙发上争论

在一切为了有用的年代
他乐意听到这样无用的争论
他一直相信床能改变梦的方向

不耽误每一缕晨曦，许多人喜欢床头对着太阳
他不是这样。他希望太阳最后照到他
他总是在暗夜找到最闪耀的词

搬动衣柜时，他得竭尽全力
好像只有这样才能抖落风衣上
看不见的风尘。一件发白的棉衣

他舍不得丢掉，二十多年了
他就靠这件棉衣帮他记住故乡
他搬动相框，他不能让一张黑白照片

在一面墙上生出记忆的锈迹
那样墙会斑驳，他会眼花
独自一人时脆弱的叹息会充满沧桑

他最欣慰的是搬动鞋架
那些千辛万苦的鞋子
终于能够不用自己行走到达一个新的地方

他唯一没有搬动过的就是书柜
这源自他对海德格尔和博尔赫斯的敬畏
静默的书里他们说出了世界的秘密

他最好奇的是一个又一个月末
搬来搬去的家具从未对他表达过
一丝一毫的厌烦，并用薄薄的灰尘提醒他搬动

2010. 3. 7

安　慰

午夜，雨丝不再相互缠绕
我听出了乱云在为此前的吵闹声
向我道歉，这让我感到安慰

为缝补多年前那件你在诗中撕破的
黑色衬衫，凌晨三点，我还在用一丝丝痛
穿过记忆渐渐昏花的针眼

过时的岁月熟睡在雨水的空隙处
他们不会知道熄灯后，入睡对于我
是怎样艰难。当眼睛屏蔽了天花板

潜意识活跃起来惊醒流水
雨滴又开始相互追赶。要不是玻璃柔软
我的心就会被敲碎

一只鸟儿，我的新客人
在窗台上不停颤抖
像一个迷途者刚看见人烟

为它我重新打开灯，让太阳
从我九平方米的卧室真正升起一次
我发现，睡眠是多么需要被安慰

2010. 4

中年货车

我知道，还可以装一些不肯熄灭的酒
一些喜鹊吵不醒的梦，一些大海的豪言
一些闪电的愤怒和冰雪的泪水

但我不再装了。我要留下一些空间
让风吹过时有短暂的停留，为写着诗句的纸片
为一朵不愿意凋谢的墨菊

我知道，还可以用力踩没有生锈的油门
在不知终点的高速公路上狂奔
从群星闪烁的子夜到细雨蒙蒙的黎明

但我为了省下一些心跳
给开花的铁树，夕阳里散步的蜗牛
生锈的水龙头和记忆中所有越来越慢的事物

我走在来时的路上，遇见的人都似曾相识
当年栽下的白桦树，为远走他乡的落叶
回到枝头，一个冬天没合上眼睛

起点就要成为终点。我不再担忧
刹车会在玫瑰绽放的瞬间失灵
不再担忧悬崖上有拐不过的急弯

在这条路上，谁也无法调头
我应该还有足够的时间卸下青草的悲悯，豹子的名声
泥土的情感和像石头一样被反复命名的自己

大地上应该还有足够的山水
让我选择我成为废铁后
最后安顿的地方

2011. 6. 1

多年后

多年后，我将年逾古稀
没有衣锦，我也还乡
写完这首诗，我就开始注意饮食和卫生
坚持慢跑，不发怒，为多年后还能种丝瓜
小白菜、朝天椒、刀豆积攒一些力气
这是我一生相依为命的蔬菜
如果还有空闲，我将在我房前屋后
栽下一些竹子，竹子里的风声
会替我回忆我清贫的一生
如果下雪，竹叶上轻轻颤动的雪花
多像我的白发闪着逝去岁月的光芒
我有足够的耐心等到竹子拥挤时
开始编织竹篮，一天编一个
我为每个竹篮取一个乡土的名字
写五十字以内的编织笔记
这些无用的名字和笔记
只是为了给一模一样的竹篮
一个短暂的记忆和区分
一年三百六十五个竹篮，装着竹子生长
耗费的时光和我最后的积蓄
谁一无所有，谁口干舌渴
我愿意把所有的竹篮给他
我唯一的心愿就是他能打到水

2011. 9

雪中的乌鸦

只有来自天堂的雪
能为人世间的乌鸦雪耻

为等待一场雪的降临
乌鸦成了冬天树枝上唯一不落的叶子

它希望它的执着能挽留雪花
它希望雪就是它梦想中的洁白外套

它想收回它曾说过的每一句话
它在雪中沉默，多么像一只温顺的鸽子

它无法冷却内心的温度
无法让血在飞过墓地时停止流动

它渴望为它雪耻的雪
成了在冬天淋湿它的泪水

2011. 10. 3

年近半白

岁月的冬天不会将雪下错地方
白茫茫的镜子里，我的头发白了一半
窗前，半江碧水白白流走
母亲不在了，留下父亲在半个故乡
守着半边天空，白云千载，空悠悠
还赞美白露吗？它已在半夜凝结成霜
风雨中的半老徐娘
就是当年西湖边
那个朝思夜梦的白蛇娘子？
无法摘除的白内障里
萍水相逢爱过的人，一刀两断恨过的人
都已面目模糊。白日依山尽
但我不会再上鹳雀楼
我黄昏的阁楼里有一张白蒙蒙的书桌
一本白色封面的诗集在等着我
去听白鹤在旷野孤独的唳鸣
去看白鹭在暗夜忧郁的舞蹈
揉皱的稿纸上有我提前写好的墓志铭
我不会交白卷
我不会恐惧魔鬼交卷的铃声
酒肉过后，一棵白菜
足够陪伴我剩下的白发飘飘的半生

2012. 10

遥 寄

那些在乌云中迷失的事物
那些在闪电中撕裂的事物
会随雨水回到你身边

那些谎言的浪花
在真理的礁石上破碎时
你会听到大海古老的歌声

星星醉了，月亮的银色酒壶里
还剩下最后一杯酒
我把它洒在大地上

你如果能早点醒来
一定会看见每一棵小草因担心露珠熄灭
在微风中忍住摇曳

2013. 1

鸥 鸟

晨曦中，我看见一只鸥鸟
站在桅杆顶上。此刻，船还在波浪
的鼾声里沉睡，船梦见了鸥鸟
我看见的鸥鸟，为了能在桅杆顶上站稳
张开了平衡的翅膀
船梦见的鸥鸟，张开翅膀
引领着自己在大海上飞翔
我看见鸥鸟，和船梦见的鸥鸟
是同一只鸥鸟

2013. 2. 8

路 也

出生于1969年12月。现居济南。曾为首都师范大学驻校诗人、美国KHN艺术中心入驻诗人、美国Creighton大学访问学者。著有诗集、散文随笔集、中短篇小说集以及长篇小说等共二十余部。近年主要从事诗歌和散文创作，主要诗集有《山中信札》《从今往后》，散文集主要有《我的树》《寻找梭罗》。曾获华文青年诗人奖、人民文学奖、星星年度诗人奖、诗探索奖杰出成就奖等。

女生宿舍

其实女生宿舍就相当于
古代小姐的闺房
如果念的是中文系
那就算是潇湘馆或蘅芜苑了

窗外晾晒的衣裙正值妙龄
被阳光哄骗又滋养
楼下槐树影里总有男生伫立
失魂落魄，个个像贾宝玉或张君瑞
挂风铃的窗口在虔诚的目光里
被仰望成革命圣地的宝塔
这是通往爱情的最后一站，如同
前哨阵地

像债务似的，书桌上堆积着待补的笔记
给好日子笼罩上阴影
桌洞里塞着伙食费换来的口红
这是给美丽上交的那么一点点税
印染床单铺着大面积的鲜花
花丛里隐匿着蜜蜂般的机缘
床架上的长筒袜很慵懒，卖弄风情
一件颜色愁苦的连衣裙月经不调
布娃娃比她的主人还出众

脸上的小雀斑古色古香
日记本暗暗地，在枕头底下怀春
一枝红杏已伸出了硬纸壳的封皮
还有刚刚封上口的信函，郑重其事得
犹如精心装修过的房间

像不爱江山爱美人一样
她们有时不爱身材爱巧克力
看书时总要吃着五香瓜子，咔嘣咔嘣
其速度与准确度超过阅读
并随时准备像嗑瓜子一样
把她们自己的身体也嗑开来
方便面吃多了怎么有股肥皂味呢
它的保质期跟爱情一样，超不过半年
而最疯狂的恋爱，也无非等于
害一场偏头痛，副产品是一大批
诗与散文，属哼哼唧唧派

时光跟口香糖般耐嚼，不见消耗
总得发生点儿什么吧，总得
从青春这朵玫瑰中提炼出点什么来
在最关键的时刻
最好是病上一场，病成西施的模样

爱情跟革命的性质相仿
往往在身心链条最薄弱的环节
取得胜利

在这里，每个人，都把自己当成
生活这部影片中的女主角
并把某男生的殷勤看成上帝发给自己的
奥斯卡奖

1998. 9

小 睡

穿堂风布置了这一切。
你在大屋睡着了，我躺在隔壁小屋里
静静地想你。
我拥着薄被，上面有笨拙的温柔
亲爱的棉花在里面轻轻喘息

相隔一尺，我的南墙就是你的北墙
我的呼吸与你的鼾声押韵
韵脚轻轻拍打着
一面薄薄的墙

我知道这个初夏的中午爱我
它用床单上的方格子爱我
它用蓬松的树冠
和飘摇的裙裾爱我
还有爬山虎正在窗外的墙上蔓延
那是它爱我的最好方式

我感到安稳。
身体有点迷糊和无知，正满足地下坠
我知道我会梦见你，以及整个北方

2003．5

山 上

我跟随着你。这个黄昏我多么欢喜
整个这座五月的南山
就是我想对你说出的话
为了表达自己，我想变成野菊
开成一朵又一朵

我跟随着你。我不看你
也知道你的辽阔
风吹过山下的红屋顶
仰望天空，横贯南北的白色雾线
那是一架飞机的苦闷

我跟随着你。心窸窸窣窣
是野兔在灌木丛里躲闪
松树耸着肩膀
去年的松果掉到了地上

我跟随着你。紫槐寂静
蜜蜂停在它的柱形花上
细小的苦楝叶子很像我的发卡
时光很快就会过去
成为草丛里一块墓碑，字迹模糊

我跟随着你
你牵引我误入幽深的山谷
天色渐晚，袭来的花香多么昏暗
大青石发出古老的叹息
在这里我看见了
我的故国我的前生

2003. 5

江心洲

给出十年时间
我们到江心洲上去安家
一个像首饰盒那样小巧精致的家

江心洲是一条大江的合页
江水在它的北边离别又在南端重逢
我们初来乍到，手拉着手
绕岛一周

在这里我称油菜花为姐姐芦蒿为妹妹
向猫和狗学习自由和单纯
一只蚕伏在桑叶上，那是它的祖国
在江南潮润的天空下
我还来得及生育
来得及像种植一畦豌豆那样
把儿女养大

把床安放在窗前
做爱时可以越过屋外的芦苇塘和水杉树
看见长江
远方来的货轮用笛声使我们的身体
摆脱地心引力

我们志向宏伟，赶得上这里的造船厂
把豪华想法藏在锈迹斑斑的劳作中
每天面对着一条大江居住
光住也能住成李白

我要改编一首歌来唱
歌名叫《我的家在江心洲上》
下面一句应当是“这里有我亲爱的某某”

2004. 6

火车站

它的人群苍茫，它的站台颤动
它的发烫的铁轨上蜿蜒着全部命运
它的步梯和天桥运载一个匆忙的时代
它的大钟发出告别的回声
它的尖顶之上的天空多么高多么远，对应遥遥里程
它的整个建筑因太多离愁别恨而下沉
它的昏暗的地下道口钻出了我这个蓬头垢面的人
身后行李箱的轮子在方块砖上滚过
发出青春最后的轰轰隆隆的响声

2004. 9

木　梳

我带上一把木梳去看你
在年少轻狂的南风里
去那个有你的省，那座东经 118 度北纬 32 度的城。
我没有百宝箱，只有这把桃花心木梳子
梳理闲愁和微微的偏头疼。
在那里，我要你给我起个小名
依照那些遍种的植物来称呼我：
梅花、桂子、茉莉、枫杨或者菱角都行
她们是我的姐妹，前世的乡愁。
我们临水而居
身边的那条江叫扬子，那条河叫运河
还有一个叫瓜洲的渡口
我们在雕花木窗下
吃莼菜和鲈鱼，喝碧螺春与糯米酒
写出使洛阳纸贵的诗
在棋盘上谈论人生
用一把轻摇的丝绸扇子送走恩怨情仇。
我常常想就这样回到古代，进入水墨山水
过一种名叫沁园春或如梦令的幸福生活
我是你云鬓轻挽的娘子，你是我那断了仕途的官人。

2004. 9

忆扬州

来一盘煮干丝，两个狮子头，一壶碧螺春
如果没有琼花露，那就上两瓶茉莉花牌啤酒吧
我们喝了一杯又一杯
这是我和你的扬州

何必腰缠十万贯只需揣百元钞票，何须骑鹤只需乘高速大宇
就有勇气下扬州

这是在梦中，有你的梦中，十年一觉的梦中
窗外千年的绿水悠悠
积压发霉的诗词生成砖缝中的苔痕
历经无数个烟花三月的是那些阁那些寺那些亭
我说，我想把弹琴当功课，把栽花当种田
而你呢，就去做一个文章太守

当微醉之后摇晃着走在石板路上
我相信这个夜晚的明月是从杜牧诗中
复制并粘贴到天上去的
哦，请告诉我，告诉我哪是黛玉离家北上的码头
我们这样沿着运河走，在到达宾馆之前
会不会遇上南巡并且微服的乾隆

2004. 11

在临安

在临安，我食竹笋咸肉、莼菜汤和小黄鱼
还有青团，用艾草汁揉和糯米面又裹了豆沙馅的
品着从围墙外的山上采回的龙井
我愿为这些美味丢职弃爵
是的，我几乎忘了随身携带的悲伤，忘了你

在临安，我认识了木荷、香樟树、桫椤和岩柏
这些植物用全身心的淡淡苦香抚慰我
从早晨到黄昏雨丝都飘在半空
走遍座座小山，衣袖已被染绿
我真的就要把你忘记

我见到多年未见的老友
红砖小楼下的水洼传来青蛙的咏叹调
凉台上有安居乐业的盆花
门厅里摆着懂中庸之道的躺椅
那些餐具在厨房里保持着好脾气
是的，我来到临安，就是为了不再把你想起

我枕着山睡去，傍着云醒来
一阵小风在测量我的身材
这是临安，是李白和苏东坡来过的临安
唉，为了忘记你，我一口气跑出来两千三百里

2005. 4

城　堡

一座英格兰城堡，被思乡的人拆卸，把巨石横渡大西洋运来
然后又照原样一块一块地垒建在这新大陆上
这个傍晚我们围着它转了三圈
夕阳把道路延长，墙角堆积着古老的时光

城堡后面的排椅是空的
松针一层一层地覆盖着通向那里的路途
梨花飘落，蒲公英结出绒球，春天的颜色渐渐加深
随之加深的还有，我身体里那根轻轻跳荡的弹簧

我知道水仙依旧开着，在身后轻轻摇晃
小松鼠有着褐色的、甜蜜的惊慌
栅栏外那只掉队的蜜蜂，正沿着残败的花香匆匆赶过来
我知道春天的盛大聚会就要结束，而离别将以年计、以万里计
上亿只水泵也抽不干相隔的那个大洋

我想请求这城堡，用花岗石来替我们
结结实实地记住：
一条大河的身影包含了多少沉寂
两种语言如何缠绕成两束丝，将纸页缓缓照亮
还有南风，曾经怎样在大平原和那些屋顶上迁徙、徘徊、翻滚
在这遥远的异国他乡

2006. 5

我回来了

我回来了。
一只蚂蚁绕地球一圈
驮着两大箱子的想法，一路留下不浅不深的车辙
一只燕子飞过四个温度带
体内的小小发动机不停，微微发烫
在心中记下南北东西的景色。
我回来了，回来了
钥匙还是那一把，铜的，柄上有一点缺口
末端的圆孔拴了红黄相间的头绳
我用它打开久闭的积尘的木门
插上所有电源，给灯泡电脑洗衣机冰箱和空调
都输入温暖的血液
多么好，我重新听到了这幢房屋的脉搏。
我回来了，挂历上的鸢尾还在开着
北墙上那簇上百年的荷兰向日葵
依然在等待收割
纯棉床单上不多不少，还是印着 122 个方格。
一只蜘蛛在门后的墙角安了家
两只年轻的蛾子从大米袋子里飞出
结伴而行，从厨房飞到后凉台去郊游
三只棕色小蟑螂亮亮的，趴在灰色地板上佯装缄默。
是的，我和我的偏头疼一起回来了
我和我那一肚子发霉的汉字，一起回来了

我和一个国家被雨淋湿的千里暮色一起回来了
没有胖也没有瘦，心里还是流淌着一条大河
头上的发卡还是那一个，项链上的小石头还是那一颗
啊真的，真的没有改变什么
只是比从前多带回了
一本世界地图册

2006. 7

沪杭道上

吴山青，越山青
我只是用碎花长裙轻轻地扫了一下
刚刚醒来的上海的楼群
便从动脉转静脉，从铁轨换到了高速公路上
大宇客车如飞，油箱里盛的似乎不是汽油，是酒精
行李箱里有一本《宋词选》
连“声声慢”都具有了 125 公里的时速
路两旁，水田瞳孔闪烁，竹林有纤细的神经
茶园以山坳为壶，用雨把自己冲泡成一大壶碧螺春或龙井
斑鸠在叫，这位乡村诗人擅用押韵的叠音
小镇分上阕下阕，以河为臂相挽，以桥为手相牵
亮亮的雨丝在它们身上做着针线
忽然，车身颠了一下，越过了地图上的分界
从夫差的领地进入了勾践的家园
当年的绯闻主角西施范蠡已化作荷花，在池塘里接吻
六十年前，一位张姓女子沿相似线路去寻负心人
悲伤的蒸汽机火车载着民国的爱情
而今，是我，在飞奔，长发当风
一只粽子作早餐，从一个直辖市吃到一个省份
第一口蘸着黄浦江，最后一口就着钱塘

2007. 6

山坳

秋天正在破产，颜色更加鲜艳
大地的身体里打捞出了一座宫廷
这个在地图上尚未标出的地点，我喜欢。

周围山岗耸立，现在已走到了最凹陷的位置
天是静止的，云是清虚的
溪头那座破旧的亭子应当写进县志
身边的大青石可用来醉眠，这些我都喜欢。

那阳光的恍惚，南飞的绿头鸭的哀愁，石板路的蹉跎和蜿蜒
山那边传来一辆拖拉机突突突突的埋怨
我也喜欢。

如果你唱段京戏，用长腔把我绕进去，让我回到出生以前
让我的身体一咏三叹
我会更加地喜欢。

2007. 10

那飞机上的人

那飞机上的人，正越洋飞行
穿过气流、云朵、霞光、暮色和时差
把旅程一千公里一千公里地汉译英

他倚窗看云，并不知道此时大地正害着病
大地感到自己薄薄的无力，像一张纸
地心引力无法挽留住一架飞机

燕子和麻雀都没有机票，刚开的紫罗兰也没有
山陵、河流和沼泽地已把护照丢失
春天在安检口止住了想哭的念头

飞机正把胸中的蓝色布匹缓缓铺展开去
坐在上面的人，在吃金枪鱼三明治
坐在上面的人在喝咖啡

那飞机上的人啊，从亚洲开始入睡
在欧洲，在北极上空做了一个小小春梦
一直睡到北美，把大地忘得干净

相隔了三万英尺
是的，大地既不怨恨也不欢喜，更不扬尘
只是静静地，害着病

2008. 4

镇扬渡口

我和母亲
两小时走完隋炀帝两个月路途
京沪高铁替代京杭大运河
使须臾人生变得更短促
让一路捧读古文的我感到些许不适

接下来从镇江去扬州
瓜洲在望
想起妙玉和惜春
船至江心，忽举起行李箱，仿杜十娘怒沉之状
母亲微笑：箱子里没一件值钱东西！

旁边是横跨的公路大桥
一架波音 737 从空中掠过
整个时代都在汽车上，我偏要行船
整个民族都在飞机上，我偏要行船
我的慢，使我脱离数学和经济学的原理
成为诗人

江面承载着
自己的浩渺和混浊
沙洲上芦苇患着自闭症
在臆想中抽刀断水

一叶小舟漂荡在长江，离岸而尚未靠岸
一叶小舟漂荡在长江，竹木之心起伏而空寂
一叶小舟漂荡在长江上，哦，这是汉语的孤独

2014. 9

瘦西湖

瘦西湖瘦在哪里？腰身和精神
而雨里的野鸭子是胖的，模拟画舫雍容而行
水草也过于丰美

把每座桥走遍，也没弄清哪座是二十四桥
只好重回杜牧的诗中去寻
十年前我恋爱时去过的茶社，门庭已改——改得好
即使在我的诗里，它也已灰飞烟灭

古代工匠只镌刻了水榭廊柱上
某一朵梅花中的一小片花瓣，天就黑了
短短的一生在昏昏欲睡里显得漫长
其实镌刻不了几朵梅花
人生就将尽了

水边的美人靠，倚着我的中年
我因长相平淡而从无迟暮之感
巧克力冰激凌是我的最爱
不哀叹光阴，因在哀叹之时，光阴又短了一寸

2014. 10

盘山路

盘山路充满狂想
高处巨石翻滚，低处页岩层叠

从盘山路远望
相邻两个小山包对峙，在下一盘棋
我的视线随一只鹊鸥移动，我与它共用一颗心

看得见群峰连绵，天蓝，风淡，太阳偏西
一个庄严的大气压
使这个冬日下午光芒万丈

我提着自己的心
越走越远，越走越高，越走越飘，越走越悬
越走越像行在老虎脊背
越走越没退路，感觉与尘世好聚好散

盘山路演示辩证法，我螺旋式上升
这样走下去，需要一根避雷针
需要一顶降落伞，需要在胆量周围
竖起一圈护栏

需要默诵：
“我是困苦忧伤的，

愿救恩将我安置在高处”

盘山路之上，盘山路尽头
天色渐晚，抬头将看到星星伶牙俐齿
侧耳会听到天上的说话声

我走在盘山路上，孤身一人像一支部队
这样走下去，一直走下去
会不会在某个拐弯处忽然遇见
迎面走来的我自己？

2015. 3

山间坟茔

去往东南诸峰途中，遇一座旧坟
枯草掩映着它不知哪朝哪代的面颊
一个土包、一块断碑、两块条石
把死亡均摊

春节前夕，坟上刚刚压了姜黄色的冥纸
使得悲伤又被刷新
让经过者看清所有英雄的末路
弄明白在一个坏了的宇宙里不会有好风水

里面或许点着一盏油灯，里面或许有打不开的网络链接
那人或许还在等一个口信
四周的时间在返回，空气充满预感

一片开阔地留给了晌午的阳光
松鼠跳到墓碑上方的树枝，瞅着碑文
双拳相抱，求签问卜

我走近了，那被两三行碑文紧紧关闭在里面的人
试图文白夹杂
说服外面这个病得不轻的人
话语全都写在了风上

春天来时，里面的纵声大笑会透过变松变软的土层
传递出来
在它的左前方，桃花感动山涧流水

走远之后，在一段上坡路
又回头瞭望这座小坟
我瞥见孤独的源头
天地悠悠，每秒钟都正在变成灰烬

2015. 3

小山坡

下午三点钟，我仰卧在小山坡
阳光在我的上面，我的下面，我的左面，我的右面
我的前面，我的后面
阳光爱我

太阳开始偏西，我仰卧在小山坡
在我的上下左右前后，隔年的衰草柔软又干爽
这片冬末的茅草地如此欢喜
一个慵懒的人

我仰卧在山坡
坡度不大不小，刚好相当于内心的角度
比照某个诗句，把自己当成一只坛子
放在山东，放在一个山坡上

仰卧望天，清风、云朵、蓝天、喜鹊
一道喷气飞机拉出白色雾线
它们按姓氏笔画排列得那么有序
我还望见虚空，望见上帝坐在云端若隐若现

天已过午，人生过半
我独自静静地仰卧在郊外的茅草坡

一个失败者就这样被一座小山托举着
找到了幸福

2016. 2

西黑文海滩

我浸泡在大西洋里
海水连着遥远的约旦河
浑身上下捆裹保鲜膜
以抵挡春季高纬度海水的冷
模样一定像拉撒路
只把细麻布换成了塑料
靠浮力托举，在水面滑行了一段
我仰躺，看见一大朵云
由东向西奔跑
上面隐约着慈祥的面容
船在远处鸣笛，怀抱一排巨浪
旁边栈桥上垂钓者以纤细的审慎
切割着海面
欢乐居住在沙滩上那些贝壳里
一只海星正翘首盼望着星辰显现
忽然我下沉，没顶如深渊
猛地又浮上来
已经成为另外一个人
鼻腔和嘴巴里的咸味
对应着对于世界的永恒敌意
朋友在岸上喊我的名字
听上去那么陌生
往昔过于沉痛

需要用一个大西洋来清洗
从海里爬出来
阳光的天鹅绒上有花朵盛开
一次真正的行为艺术
将我的此生一分为二

2016. 6

沿海岸行驶

铁轨在延伸，在继续
与海岸平行紧挨，这种相伴多么靠谱

挨着车窗，越过次生林望见海
海水绿得温存，它的宽松袍子那么合身

火车开上一座座铁桥
有相当一段路途，是行驶在大西洋上
天空把孤独投射在海面
火车从一头鲸旁一闪而过

山坡上，一幢白房子怀抱着花
俯身眺望大海
海鸥飞越车厢，鸣叫声里有对春天的庆祝

那些沙滩仰卧着，几乎还是空的
废船旁有一只去年的水罐
狗奔向大海，遛狗人用绳索牵引它对自由的向往

有的事物生来就要延伸，像铁轨和海岸线
还有我此刻的思想
它们将一齐抵达前方的海湾与河口
临时打一个名叫波士顿的结

2016. 7

阳 关

二十一世纪的大风吹着汉代颓圮的烽燧
唐朝的一句口语诗悬在天地间：西出阳关无故人

我看见了什么？看见少，看见无，看见时间
看见时间把多和有变成少和无

我还看见写下那句诗时，那个长安诗人哭了
那个有雨的春天的早晨
犹如一封信函，邮寄至千年后的今天

阿尔金山在远处，爱着自己的白色雪帽
一条长长大路用丝绸铺成
倒换通关文牒，下一站即楼兰
和亲的公主最后一次回头，告别青春

风在沙漠上写下一个个姓名，又将它们掩埋
一只露出地表的陶罐是断代史的注释
惊扰了整个戈壁滩

只有红柳，胆敢与骆驼刺相爱
地平线不朽，地平线折不断，地平线永远横卧在前

是谁把我逼成了徐霞客，一个人跑出这么远

再也不会相见了，再也不会有音讯
故人啊，我已西出阳关

2017. 3

陪母亲重游西湖

这一次，是我和母亲乘电瓶车
快速翻页，浏览西湖
一目十行，过目不忘

上一次，是十五年前，微雨的深秋
以脚步丈量西湖的周长和半径
那时父亲还在，指点江山

那次我犯偏头疼
躺倒在白堤的草坪，望向天空
父母围在身旁，我的疼痛里有故乡

那次游西湖之后，父亲又活了三年
此后母亲独居，我成半个孤儿

电瓶车正开过北山路
我忽然指向孤山的斜对面：
看哪，那是我们三人住过的新新饭店
当时预订它，只因胡适先生住过

那年在湖畔买的丝绸，还绕在我的颈上
那年的杭白菊，已无法在世间找寻

2017. 4

芦　花

芦花摇晃着秋天
唯有天国，是静止的

在一大片白茫茫之中，偶有缝隙
可见到天空的蔚蓝

草本的笔直的表情
最后想法放在了浅水的坟茔上
芦花的头发和衣袖里面
盛满了风

风里有命运
命运是醒着的

停顿，弯腰，倾侧，伏倒，朝同一方向归顺
它们仿佛在奔跑
不但没有成阻力，反而加快了风速

孤独凭借芦花，芦花凭借风
在开口说话

芦花掩埋了自己的道路
风从无形变成了有形

谁的心在与它们一起押韵
在恍惚

共同抵达沼泽的另一岸
地平线远远地横卧，那上面的夕阳那么伤悲

2017. 10

后 记

也许在某些人看来，编一本由多位作者的作品组成的诗歌选本，是一件很简单的事情——无非就是每个诗人选几十首诗凑在一起嘛。但对于我来说，这看似简单的工作，其实相当艰难。我不想编一本单纯的著名诗人作品组合物，在此基础上，我希望这本书能够体现我三十年来的阅读心得和阅读经验。这个初衷和我写《一个人的诗歌史》系列专著是一样的——盘点自己的阅读历程，实际上就是盘点一代人的阅读，我一直坚信，打动过我的诗篇，必定能打动所有和我一样的人。

编这本书的另一个困难是，在此之前，我已经在“当代诗人十二家”系列的第一部《落在纸上的雪》和第二部《在夜晚的高原上》里编选了24位诗人的作品，如此一来，符合要求的诗人就少之又少了。从2018年春天起，我就在反复斟酌，反复筛选，反复对比，直到上个月，名单才最终确定下来。

“当代诗人十二家”系列的前两部出版之后，引起了比较好的反响，许多读者用各种方式表达了对这个系列的喜欢。我非常珍视这样的“喜欢”。入选这个系列的都是写作态度极其严肃的诗人，他们有实力但不哗众取宠，同样，关注这个系列图书的都是认真阅读的读者，他们很少被诗人的名气或被媒体的宣传误导。有这样的读者是每一个严肃诗人的荣幸，也是一个图书编者的荣幸，我们需要这样的读者，我们也只需要这样的读者。

如前面所说，入选的诗人都是我阅读多年的诗人。其中一些人还曾经是我习诗时代的偶像，20 世纪 80 年代后期开始，我就开始阅读他们的作品，至今他们仍在我的心目中占据着重要位置，比如翟永明、李亚伟、韩东，宋琳，作为中国“第三代诗人”的代表人物，他们风格各异，但都在各自的道路上取得了优异的成就。

相对于前面四位诗人，柳沄、李琦和刘亮程似乎比较特殊，他们与“第三代诗人”同龄，但他们似乎一开始就游离于“第三代”之外，在中国当代诗歌的群峰中，他们是不那么耀眼但不容忽视的几座。

在我的印象中，潘维、卢卫平、路也要比前一拨诗人成名稍晚，但他们作品的艺术高度让我羡慕有加。如果在“第三代”和“70 后”之间真有一个“中间代”的话，他们就是“中间代”诗人中当仁不让的杰出代表。

这本书，还选入了江一郎、东荡子两个前几年刚刚去世的诗人的作品。两位诗人的优秀已经得到了诗歌界的公认，将他们的优秀之作选入这个系列，既是向真正的诗人致敬，也是表达一种永远也不会迟到的纪念。感谢嫂子范蓓丽提供一郎兄的诗歌，感谢广东诗人世宾和浪子在我编选东荡子诗歌时所给予的帮助。

和这一系列前两本书一样，入选诗人以出生年月排序，入选的诗歌都尽可能地注明写作日期。需要说明的是，有些诗歌记录的创作日期比较详细，有些诗歌，作者（或其亲友）无法提供具体创作日期，为了让研究者对诗人们的创作风格变化有整体把握，本书没有对诗歌的顺序进行调整。此外，个别作者的诗歌后面所附的日期可能并非写作日期，而是修订日期，比如东荡子的作品。

没有什么比编选一本自己喜欢的诗集更令人兴奋的了，也没有什么比编选这样一本诗集更令人纠结的了，毕竟好诗人太多，好诗太多，选谁不选谁，都是个问题。无论如何，这个系列还会继续编下去，但可能不会再按照目前这样的标准编选，而会集中于专题性的诗歌集。比如以作者年龄划分，以作者所在地域划分，以诗歌题材和内容取向划分，以诗歌风格划分……但有一点是永恒不变的，那就是竭尽全力把最好的诗歌奉献给读者。

谢谢每一个热爱诗歌热爱阅读的人，谢谢正捧读这本书的——你。

刘　春

2019 年 5 月 28 日